geb. 1958,
Kind Schrift-
Eigentlich ist
in, aber das
cht so aben-
Geschichten-
Ausdenken. Außer „ZM – Streng geheim“ schreibt sie vorwiegend heitere Romane und Tiergeschichten. Sie lebt in Erlenbach am Main.

„Noch aufregender als das Bücherschreiben“, meint sie, „wäre allerdings eine echte Zeitmaschine …“

ZM ZEIT MASCHINE

STRENG GEHEIM

DIESES BUCH GEHÖRT:

Pelikan

MARLIESE AROLD

IM LABYRINTH DES STIERGOTTES

ILLUSTRATIONEN

FRANK ROSENZWEIG

ZEIT MASCHINE

STRENG GEHEIM

DIE ABENTEUERSERIE VON Pelikan

Das Papier dieses Buches wurde ausschließlich hergestellt
aus **chlorfrei** gebleichtem Zellstoff –
der Umwelt zuliebe.

ISBN 3-8144-2314-3

Illustrationen: Frank Rosenzweig
Graphische Gestaltung: Leonore Wienstrath
Gesamtherstellung: Mohndruck
Printed in Germany
Auflage 15 14 13 12 11 10 9 8 7 6 5 4 3 2 1

Inhalt

ZEIT MASCHINE

von Marliese Arold

Das sind die Abenteuer:

Die Höhlenmenschen vom Mammuttal
Die geheimnisvolle Goldgräberstadt
Der Smaragd von Bagdad
Die Rache des Druiden
Die Todeselefanten
Die Maske des Piraten
Expedition nach Babylon
Karawane ins Verderben
Wer hat Einstein entführt?
Der Wächter der Pyramide
Die Katastrophe von Pompeji
Falscher Kurs nach Indien
Das Pferd des Schamanen
Im Labyrinth des Stiergottes

Ambrosius Köhler
(genannt Professor Ambrosius)

Spinner oder Genie? Er ist Professor der Physik und hat früher an Hochschulen unterrichtet. Aber man hat ihn gefeuert. Seither ist der große, hagere Mann mit den grauen Haaren ziemlich launisch und menschenscheu. Auf Fremde macht er keinen besonders freundlichen Eindruck, weil er mit seinen Gedanken meistens woanders ist.

Professor Ambrosius ist der Großonkel von Heike und Michael Jaschke. Viele Jahre lang war er mit der ganzen Verwandtschaft verkracht, und mit etlichen Leuten ist er es auch heute noch, selbst wenn er inzwischen etwas zugänglicher geworden ist.

Seine dicke Hornbrille hat er endlich gegen eine weniger strenge Nickelbrille vertauscht, und auch die Haarlänge ist etwas erträglicher geworden. Seit dem Umzug nach Werthausen hat sich der Professor überhaupt positiv

verändert – das findet jedenfalls Frau Schneider, seine Haushälterin. Wenigstens verbringt der Gelehrte nicht mehr die ganze Zeit in seinem muffigen Keller, sondern ist viel an der frischen Luft . . .

Frau Schneider ahnt ja nicht, welches Ziel Professor Ambrosius' Spaziergänge haben: Eine Tropfsteinhöhle, die er selbst entdeckt hat. Dort kann er nämlich ungestört seinen Experimenten nachgehen . . .

Und er hat schon Dinge erfunden, da würde mancher vor Neid erblassen . . .

Michael Jaschke

liebt nichts mehr als Krimis und Gruselgeschichten. Bei einem Skelett kann er schon mal schwach werden. Zum Ärger seines Deutschlehrers besitzt Michael eine überschäumende Phantasie. Was in seinen Aufsätzen steht, klingt nicht immer glaubhaft. Aber die Schule ist Michael ziemlich schnuppe. Es gibt wichtigere Dinge, findet der Zwölfjährige. Zum Beispiel die Zeitmaschine des Professors . . .

Mit seinem blonden Haar, den blauen Augen und den unzähligen Sommersprossen sieht Michael seiner Schwester überhaupt nicht ähnlich. Die ist außerdem viel schlanker. Doch richtig dick ist Michael nicht. Höchstens ein bißchen pummelig . . . Aber darauf kommt's ja nicht immer an. Hauptsache, man ist flink im Kopf, und außerdem – soooo unsportlich ist Michael auch wieder nicht! Und andere Leute nachahmen kann er super!

Übrigens ist es gut, wenn wenigstens einer nicht gleich den Humor verliert. Denn bei manchen Abenteuern kann dem Professor und den Kindern das Lachen schon vergehen . . .

Heike Jaschke

schwärmt für Tiere, besonders für Pferde. Von Skeletten hält die Vierzehnjährige nicht viel – im Gegensatz zu ihrem Bruder.

Heike ist groß und schlank, hat grüne Augen und braunes Haar, das sie meistens zu einem Pferdeschwanz zusammenbindet.

Heike kann gut zeichnen, und in der Schule ist sie eine der Besten. Sie bildet sich jedoch nichts darauf ein. Hochnäsigkeit kann sie nicht leiden. Überhaupt ist Heike ein echter Kamerad und verliert selbst in den heißesten Situationen nicht den Kopf – auch wenn ihr das Herz manchmal ziemlich flattert.

Thomas Pahl

Thomas ist fünfzehn Jahre alt, groß und schlaksig. Seine Locken sind so dunkel wie Moorteufels Fell. Moorteufel ist ein prächtiger Labradorhund, und seine Spürnase ist einzigartig. Moorteufel ist das letzte Geschenk von Thomas' Vater, der viel zu früh gestorben ist. Inzwischen hat Thomas' Mutter wieder geheiratet, aber mit seinem Stiefvater versteht sich Thomas nicht und geht ihm lieber aus dem Weg.

Thomas interessiert sich für Technik und kann scharf kombinieren. Etwas waghalsig ist er manchmal schon, und ab und zu schießt er auch übers Ziel hinaus. Trotzdem kann man mit ihm Pferde stehlen und sich auf sein Wort voll verlassen.

Früher hat Thomas direkt neben dem Professor gewohnt, und so hat er Heike und Michael kennengelernt. Inzwischen sind die drei unzertrennlich. Ganz klar, ohne sie wäre Professor Ambrosius ganz schön aufgeschmissen! Der hat nämlich ein Talent, von einer verzwickten Lage in die nächste zu geraten . . .

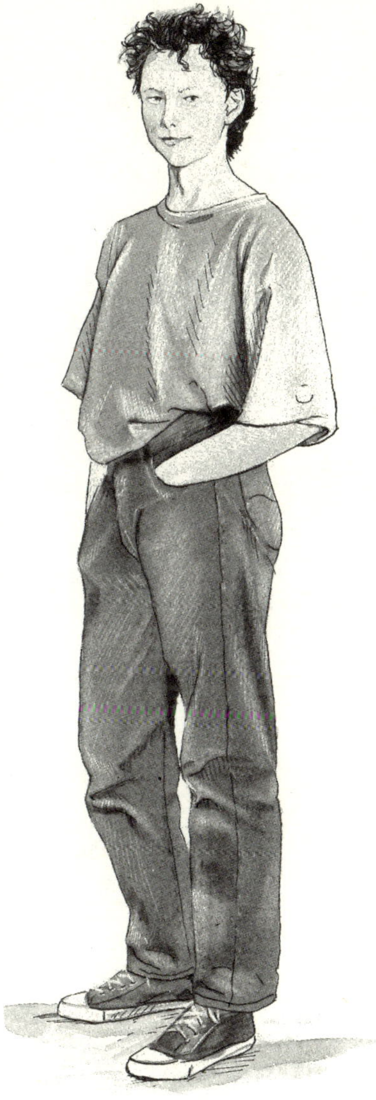

Geisterstimmen

Heike erwachte von einem Schrei.

Sofort saß sie senkrecht im Bett und lauschte. Es war stockfinstere Nacht. Heikes Herz klopfte bis zum Hals. Hatte sie sich das Geräusch nur eingebildet? Oder stammte der Schrei aus ihrem Traum?

Sie sprang aus dem Bett und huschte barfuß ans Fenster. Der Nachtwind blähte sachte die Vorhänge. Heike hielt den Atem an und schaute in den Garten hinaus. Draußen schien alles ruhig. Nicht einmal eine Katze trieb sich herum. Auch kein Betrunkener torkelte die Straße entlang.

Heike schüttelte verwirrt den Kopf. Sie kehrte ins Bett zurück, knipste die Nachttischlampe an und warf einen Blick auf den Wecker. Es war Viertel nach eins.

Heike stöhnte. ‚Ich habe mich bestimmt getäuscht.' Sie löschte das Licht, zog sich die Decke bis ans Kinn und drehte sich auf die Seite. Kurz darauf fing sie an zu schwitzen. Sie schlug die Bettdecke wieder zurück. Wie drückend schwül war es im Zimmer! Dabei stand das Fenster doch auf!

Heike hatte Durst und beschloß, hinunter in die Küche zu gehen. Sie war schon auf der Treppe, als sie wieder einen Schrei hörte. Das Blut erstarrte ihr in den Adern. Dann vernahm sie hinter sich ein wildes Schnauben. Heike fuhr herum. Sie sah nichts außer den Stufen und dem großen Mohnblumengemälde. Trotzdem war das Geräusch ganz deutlich: Ein schwerfälliges Tier schien heranzugaloppieren, kurz vor Heike abzubremsen und abzudrehen. Das Mädchen meinte, sogar die Luftbewegungen wahrzunehmen.

Aber da war nichts, gar nichts! Nicht einmal die gefiederte Palme im Treppenhaus bewegte sich.

Heike umklammerte mit beiden Händen das Treppengeländer. Der Schweiß lief ihr in Strömen herunter. Litt sie an Halluzinationen? Spielten ihre Ohren ihr einen Streich? Wurde sie gar verrückt? Links neben ihr kreischte eine Frauenstimme. Worte erklangen in einer fremden Sprache, die Heike nicht verstand. Wieder nahm das unsichtbare Tier Anlauf. Das Hufgetrappel kam näher, und das Geisterwesen fegte so dicht an Heike vorbei, daß das Mädchen vor Schreck aufschrie.

„Hilfe! Hilfe!"

Fast augenblicklich ging oben eine Tür auf. Professor Ambrosius erschien im Flur. Mit fahrigen Händen tastete er nach dem Lichtschalter und knipste – schlaftrunken, wie er war – die Beleuchtung erst einmal aus. Gleich darauf schaltete er das Licht wieder an.

„Hölle noch mal, warum schreist du so, Heike? Willst du das ganze Haus aufwecken?"

Heike war unfähig, ihrem Großonkel eine vernünftige

Antwort zu geben. Sie wollte etwas sagen, doch sie konnte nur stammeln.

„Verflixt und zugenäht, hast du einen Einbrecher gesehen oder was?“ fuhr der Erfinder seine Großnichte an. Er lehnte sich über das Treppengeländer und blickte zu Heike hinab.

„Hast du es auch gehört?“ fragte Heike gepreßt. Sie war klatschnaß geschwitzt.

„Ich habe gehört, wie du geschrien hast“, bestätigte Professor Ambrosius.

Heike schüttelte den Kopf. Das feuchte Haar fiel ihr in Strähnen in die Stirn. „Das war ... das war noch nicht ... alles ...“

In diesem Moment kehrte das Untier zurück. Auf unsichtbaren Hufen galoppierte es heran. Laut erklang sein zorniges Schnauben.

Der Unterkiefer des Professors klappte herunter. Gehetzt sah er sich um. Er starrte die Wand an und sprang zur Seite, als könne er so dem Geräusch ausweichen.

„Was zum Kuckuck ist das?“

Im Treppenhaus heulte und stöhnte jemand. Es war eine Knabenstimme.

„Es spukt“, flüsterte Heike. „Dieses Haus ist verflucht! Ich hätte es nie für möglich gehalten ...“

Alles Blut war aus dem Gesicht des Professors gewichen. Wieder ertönte das Stampfen und Galoppieren. Eine Frau stieß einen schrillen Schrei aus. Dann kehrte mit einem Mal Ruhe ein. Heike ließ sich auf eine Treppenstufe sinken. Sie war nicht fähig, auch nur einen einzigen Schritt zu gehen. Sie zitterte am ganzen Leib und fing an zu schluchzen.

Es dauerte geraume Zeit, bis sich Professor Ambrosius wieder gefaßt hatte. „Die ganze Sache ist höchst rätselhaft“, murmelte er.

„Rätselhaft?“ wiederholte Heike fassungslos. „Das ist entsetzlich. ENTSETZLICH!“ Sie schrie es fast.

„Es gibt vielleicht eine Erklärung“, brummte der Erfinder, stieg die Treppe hinunter und ließ sich neben Heike nieder.

Das Mädchen betrachtete den Großonkel. Sein graues Haar war zerzaust, der blauweiße Schlafanzug verknittert, und die Nickelbrille saß schief auf seiner Nase.

„Ich habe nämlich gestern abend ein Experiment gemacht."

Heike versteifte sich augenblicklich. Die Versuche des Professors hatten meistens sehr unerwartete Ergebnisse. Schon oft war der Erfinder haarscharf an einer Katastrophe vorbeigeschlittert.

„Ich habe versucht, Stimmen aus der Vergangenheit aufzufangen", berichtete Professor Ambrosius weiter. „Es hat leider nicht funktioniert, obwohl ich alle technischen Voraussetzungen dafür geschaffen habe. Trotzdem ist kein Kontakt zustandegekommen." Er nahm die Brille ab und rieb sich müde die Augen. „Ich vermute, daß das Ganze jetzt doch geklappt hat – eben nur mit Verspätung ..."

Heike mußte die Neuigkeit erst verdauen. „Du meinst, die schrecklichen Geräusche stammen aus einer anderen Zeit?" Bei der Erinnerung an die Schreie und das Schnauben erschauderte sie.

Professor Ambrosius zuckte mit den Achseln. „Das ist die einzig mögliche Erklärung, die mir dazu einfällt."

„Aber das ist doch furchtbar!" stieß Heike aus. Sie schaute im Treppenhaus herum. „Glaubst du, es kommt noch einmal?"

„Bin ich ein Hellseher?" gab der Professor zurück. „Ich habe keine Ahnung, welche Effekte ich hervorgerufen habe. Möglicherweise gibt es ein paar Echos. Sie werden vermutlich leiser sein."

Heike zog fröstelnd die Schultern hoch. Wie gespenstisch war das alles!

„Ich habe wirklich gedacht, dieses unsichtbare Tier rennt mich über den Haufen", gestand sie. „Es klang so echt! – Was kann das nur gewesen sein?"

In diesem Augenblick hörten Professor Ambrosius und

Heike Schritte. Das Mädchen fuhr zusammen. Der Professor legte beruhigend seine Hand auf Heikes Schulter.

„Was ist denn los?“ fragte eine Stimme. „Findet hier eine Mitternachtsparty statt oder was?“

Es war Frau Schneider, die Haushälterin des Professors. In ihrem fliederfarbenen Morgenmantel, das Haar stramm auf ungefähr vierzig Lockenwickler gedreht, sah sie etwas fremd aus.

„Wir wollten gerade den Kühlschrank plündern.“ Der Erfinder lachte verlegen, stand auf und klopfte an seinem Schlafanzug herum.

„Die Treppe ist nicht staubig. Ich habe sie gestern erst gewischt“, erklärte Frau Schneider mit schmalen Lippen. „Außerdem sind nächtliche Mahlzeiten höchst ungesund.“

„Deswegen tun wir es ja heimlich“, antwortete Professor Ambrosius.

„Und ich wundere mich morgen früh, warum nichts im Kühlschrank ist“, gab Frau Schneider zurück. Ihre Stimme klang sehr kühl. „Aber bei Ihnen wundere ich mich überhaupt nicht mehr. Sie tun ohnehin immer genau das Gegenteil von dem, was gesund oder vernünftig ist.“

Sie machte kehrt und wollte in ihr Zimmer zurückgehen. Da ertönte erneut ein Schrei. Frau Schneider erstarrte mitten in der Bewegung. Heike hielt die Luft an und umklammerte die Wade ihres Großonkels.

„Da ist es wieder ...“

Das unsichtbare Tier galoppierte den Flur entlang, schnaubte Frau Schneider an, trampelte durchs Treppenhaus und verschwand durch die Wand.

Danach herrschte Stille.

Heike schluckte.

Frau Schneider drehte sich in Zeitlupentempo um. Ihre Augen waren ungefähr dreimal so groß wie sonst, und ihr Teint hatte die gleiche Farbe wie ein frisch gebleichtes Bettlaken.

„Wwwwas in a-a-aller Wwwwelt wwwwar ddddas?“

Da der Professor nicht gleich antwortete, haspelte die Haushälterin: „Ich hhhoffe, SSssie haben eine ver-vernünftige Erklärung, Herr Köhler. Sssie hhhaben doch sonst auch für alles eine Erklärung, schließ-schließlich sind Sssie Wissenssaftler ... äh ... Wissensschuftler ..."

„Professor der Physik", kam ihr der Erfinder zu Hilfe.

Frau Schneider fing sich wieder.

„Professor der Physik", wiederholte sie. „Ab und zu ein bißchen verrückt und meistens zerstreut. Widerspenstig, aufmüpfig und dickköpfig. Aber gescheit. Und von diesem gescheiten Menschen will ich eine Erklärung." Ihre Stimme begann, erneut zu zittern. „Oder wwwolllen Sie, daß ich auf meine alten Tage nnnoch anfange, an Gespenster zu gla-glauben?"

„Liebe Frau Schneider", sagte der Professor beruhigend, „ich versuche, Ihnen eine möglichst einfache Antwort zu geben. Erstens: Es besteht überhaupt keine Gefahr. Es handelt sich lediglich um Geräusche, weiter nichts. Zweitens: Die Stimmen und Laute, die wir soeben gehört haben, stammen aus der Vergangenheit. Die Töne sind tausend Jahre alt oder älter."

Frau Schneider starrte den Erfinder teils ungläubig, teils verwundert an.

Professor Ambrosius hob bedauernd die Schultern. „Ich habe nur ein paar Experimente gemacht ..."

Die Lockenwickler bebten, als Frau Schneider sagte: „Warum können Sie nicht einfach Stiefmütterchen züchten? Warum müssen Sie immer Sachen erfinden, über die sich normale Menschen zu Tode erschrecken?"

Darauf wußte der Erfinder keine Antwort.

Er und Frau Schneider starrten sich eine Weile wortlos an. Dann reckte die Haushälterin das Kinn in die Höhe, drehte sich um und verschwand im Gang. Kurz darauf fiel laut eine Zimmertür ins Schloß.

„Wenn sie erfährt, daß du eine Zeitmaschine gebaut hast, dann wird sie kündigen", murmelte Heike.

Professor Ambrosius seufzte tief. „Manchmal frage ich mich wirklich, was mich dazu treibt, solche Sachen auszutüfteln. Geht es mir um neue Erkenntnisse? Will ich erforschen, was alles machbar ist? Oder ist es nur eine Art ausgeprägter Spieltrieb?" Er stöhnte. „Vielleicht sollte ich mir eine elektrische Eisenbahn zulegen."

Heike stand auf und zupfte den Erfinder am Ärmel. „Laß uns in die Küche gehen. Ich habe Durst."

Achselzuckend kam der Professor mit.

Heike schenkte sich ein Glas Mineralwasser ein. Professor Ambrosius kramte im Küchenschrank nach seinen Vitamintropfen, träufelte einen Eßlöffel voll und schluckte mit Todesverachtung die braune Brühe.

„Es war wirklich eine Schnapsidee."

Heike schraubte die Sprudelflasche wieder zu. „Was meinst du?"

„Daß ich Geräusche aus der Vergangenheit auffangen wollte. Die Stimmen können wir ja ohnehin nicht verstehen – außer, wir lassen sie mit dem Computer auswerten oder nehmen unsere Sprachpillen", sagte der Professor nachdenklich. „Es gibt vermutlich keine harmlose Art, die Vergangenheit zu erforschen. Fragt sich, was gefährlicher ist: sich mit der Zeitmaschine in ein Abenteuer zu stürzen oder vor Aufregung einen Herzschlag zu bekommen, wenn nachts Geisterstimmen ertönen."

„Es war schrecklich", bestätigte Heike. Sie trank einen Schluck und schloß bei der Erinnerung die Augen. „Dieses Untier ... die Schreie ... Woher stammen die Geräusche?"

„Seit einer Viertelstunde zerbreche ich mir darüber den Kopf", gab der Professor zu. „Ich könnte es vermutlich herausfinden. An der Einstellung der Raum-Zeit-Daten des Geräts habe ich nichts verändert. Ich brauche nur Archie mit den Informationen zu füttern."

Archie war der Computer der Zeitmaschine, eine Künstliche Intelligenz.

„Und er könnte herausfinden, wo sich das Ganze abgespielt hat“, führte Heike den Gedankengang weiter. Sie griff ihr Glas fester. „Onkel, da waren Menschen in Not!“

Professor Ambrosius schnitt eine Grimasse. „Es schien so, ja.“ Sie sahen einander in die Augen. Jeder wußte, was im Kopf des anderen vorging.

„Nein“, beugte der Professor Heikes Frage vor. „Ausgeschlossen, daß wir mit der Zeitmaschine hinreisen und uns in Dinge einmischen, die uns nichts angehen. Es ist passiert, unwiderruflich geschehen, die Sache ist schon tausend Jahre oder länger vorbei.“

Heike blickte ihn weiter stumm an. Der Erfinder wurde zunehmend unsicherer.

„Wir dürfen die Vergangenheit nicht ändern. Das ist eine unerlaubte Einmischung. Wir können nicht einfach hinfahren und den Leuten, wer oder was sie auch immer sein mögen, beistehen.“ Seine Stimme klang zuletzt bittend. „Versteh' doch.“

„Sie hatten entsetzliche Angst vor dem Ungetüm“, sagte Heike leise. „Es griff sie immer wieder an.“

Der Eßlöffel, den der Professor in der Hand gehalten hatte, fiel klirrend zu Boden. Heike und der Erfinder ließen sich gleichzeitig auf die Knie nieder, um den Löffel aufzuheben. Heike erwischte ihn zuerst.

„Danke.“ Professor Anbrosius streckte die Hand aus, aber Heike hielt den Löffel fest.

„Sie hatten *Todesangst*“, sagte sie mit Nachdruck.

Der Erfinder wich Heikes Blick aus.

„Man müßte ja nicht direkt in die Geschichte eingreifen“, fuhr Heike fort. „Es würde schon genügen, das Biest irgendwie abzulenken ...“

Da der Professor nicht gleich ablehnte, wurde das Mädchen mutiger. „Pferde scheuen manchmal schon vor einem Stück Papier. Obwohl ich nicht glaube, daß wir ein Pferd gehört haben. Dafür war es zu schwerfällig.“

„Vielleicht war es ein Nashorn“, grübelte Professor Ambrosius.

„Wenn man diese Tiere reizt, können sie sehr gefährlich werden. Sie trampeln dann in ihrer blinden Wut alles nieder. – Ob es ein zorniger Elefant war?“ Er schüttelte den Kopf. „Ein Elefant hört sich anders an.“

Heikes Augen verdunkelten sich. „Vielleicht war es ein Büffel oder ein Wisent … Oder ein Tier, das längst ausgestorben ist.“

Professor Ambrosius umklammerte den Küchentisch und zog sich ächzend daran hoch. „Wir werden es herauskriegen“, murmelte er.

Heike hob fragend die Augenbrauen.

„Ich werde Archie mit den Daten füttern“, antwortete der Erfinder. „Sobald er ermittelt hat, um welche Epoche es sich handelt, werden wir mit der Zeitmaschine hinreisen. Und wenn wir mit einfachen Mitteln ein Unglück verhindern können, dann werden wir es tun.“

Die verhängnisvolle Insel

Leise klatschte ein kleiner Wassertropfen neben Michaels Sandale. Zehn Sekunden später fiel der nächste Tropfen auf dieselbe Stelle. Unruhig blickte der Junge nach oben.

„Diese Tropferei macht mich ganz nervös!“

Über den Kindern und dem Professor wölbte sich die Höhlendecke mit ihrem bizarren Muster aus Tropfsteinen. Manche waren klein und kaum mit bloßem Auge zu erkennen, andere wiederum waren schon Jahrtausende alt und bildeten riesige steinerne Gewächse. Doch Michael hatte im Augenblick keinen Sinn für Tropfsteine. Es interessierte ihn mehr, was der Computer Archie herausbekommen würde.

„Klappt es?“ fragte Thomas den Professor. Der Erfinder beugte sich über die riesige Computeranlage, die am Ufer des Höhlenflusses stand, und fixierte den mittleren der drei Bildschirme.

„Ich denke schon“, brummte Professor Ambrosius. Zahlen rasten in rascher Folge über den Bildschirm, ab und zu zuckten Lichtblitze quer über den Monitor. Gesichter tauchten auf, Bruchstücke von fremdsprachigen Texten, geometrische Formen ...

Heike blickte zu dem Metallkästchen, das neben dem Professor auf dem Boden stand. Mit diesem Gerät hatte der Erfinder die Stimmen aus der Vergangenheit aufgefangen. Eigentlich hätten die Geräusche aus dem kleinen eingebauten Lautsprecher kommen müssen. Daß sie statt dessen nachts durchs Treppenhaus gehallt waren, lag an physikalischen Schwingungen, die der Professor bei seinen Berechnungen nicht berücksichtigt hatte.

„Ende der Dateneingabe“, meldete Archie, der Computer. „Ich bitte Sie um etwas Geduld, damit ich die erhaltenen Informationen auswerten kann.“

„Okay, okay“, murmelte Professor Ambrosius und drehte sich um. Die Kinder sahen, daß ihm der Schweiß übers Gesicht lief. „Jetzt bin ich gespannt, ob Archie etwas herausfindet.“

„Natürlich finde ich etwas heraus“, kam es verschnupft von Archie. „Informationen vergleichen kann jeder Home-Computer – und ich bin immerhin eine Künstliche Intelligenz!“

Einer von Archies Hauptfehlern war, daß er sich unheimlich schnell beleidigte.

„Du bist eine elektronische Mimose“, bemerkte der Erfinder.

Auf dem mittleren Bildschirm erschien fast augenblicklich die Schrift:

MIMOSE. PFLANZENFAMILIE AUS SÜDAMERIKA, DIE AUF BERÜHRUNG REAGIERT UND IHRE BLÄTTER ZUSAMMENKLAPPT. ALS MIMOSE BEZEICHNET MAN AUCH EINE ÜBEREMPFINDLICHE PERSON.

Auf dem Monitor tauchte ein großes Fragezeichen auf.

„Soll das eine Anspielung sein?“ fragte Archie. Als der Professor nicht gleich antwortete, sagte der Computer mit sehr kühler Stimme: „Ich bin gekränkt!“

Heike und Thomas wechselten einen Blick. Beide dachten dasselbe: Jetzt bloß keinen Streit! Wenn Archie sauer war, dann konnte dies schlimme Folgen haben. Die Steuerung der Zeitmaschine funktionierte nicht richtig, Archie machte Fehler oder schaltete ganz auf stur. Bisweilen bereute Professor Ambrosius, daß er einen Computer gebaut hatte, der so menschlich fühlte und dachte. Andererseits hatte Archie schon manches Mal bewiesen, daß er die Bezeichnung „Künstliche Intelligenz“ durchaus verdiente. Archie war insgesamt sehr nützlich, und die Kinder empfanden den Computer sogar als eine Art Freund. Solange der Professor nicht vergaß, Archie seine Streicheleinheiten zu geben, war alles in bester Ordnung.

Zum Glück reagierte der Erfinder nun geschickt und beeilte sich, Archie zu beruhigen: „Ach was, du hast das wieder falsch aufgefaßt. Mimosen sind hochempfindlich, das stimmt. Aber auch du bist ein hochempfindliches Geschöpf, ich meine, was deine Technik angeht. Es gibt wohl derzeit keinen anderen Computer, der mit dir zu vergleichen ist. Du weißt, du bist deiner Zeit eigentlich weit voraus.“

Aus dem Lautsprecher kam ein Geräusch, das einem zufriedenen Seufzer glich. Michael grinste.

Nach ungefähr fünf Minuten hatte Archie die Informationen ausgewertet.

„Die Töne stammen aus dem zweiten Jahrtausend vor Christus“, verkündete er. „Der Ort ist Kreta oder eine der umliegenden Inseln. Ich kann Sie mit der Zeitmaschine dorthin bringen. Allerdings müssen Sie eine zeitliche Ungenauigkeit von etwa zwei Wochen in Kauf nehmen. Besser läßt sich das Datum wegen atmosphärischer Störungen und Schwankungen bei der Datenübernahme nicht anpeilen.“

„Zwei Wochen", wiederholte der Professor und rieb sich nachdenklich das Kinn.

„Das bedeutet, daß wir vielleicht zwei Wochen in der Vergangenheit bleiben müssen, bevor wir herausgefunden haben, woher die Geräusche stammen", bemerkte Michael.

„Du hast's erfaßt", erwiderte Professor Ambrosius.

Heike sah an seiner Miene, daß er unschlüssig war, ob sie das Wagnis überhaupt auf sich nehmen sollten. Sie runzelte die Stirn. Hatte er etwa schon die schrecklichen Schreie vergessen?

„Onkel Ambrosius", sagte sie mit Nachdruck, „du hast es aber versprochen, und ein Versprechen –"

Mit einer Handbewegung unterbrach der Professor das Mädchen. „Schon gut. Wir fahren ja. Wir werden uns diesen afrikanischen Kaffernbüffel ansehen und ihn gegebenenfalls auf einen anderen Kurs bringen."

„Kaffernbüffel?" fragte Thomas erstaunt.

„Na, eben dieses wütende Untier", antwortete der Erfinder. „Weiß der Kuckuck, was es war."

„Es gibt dreiundzwanzig Tierarten, die Ihrer Beschreibung nach in Frage kommen", mischte sich Archie ein. „Zum Beispiel ein Spitzmaulnashorn, ein Nilpferd oder ein Moschusochse ..."

Jedesmal, wenn Archie ein Tier benannte, erschien auf dem Bildschirm die passende Abbildung. Michael stöhnte, als er den zottigen Moschusochsen erblickte.

„Wir lassen uns da wieder auf ein gefährliches Abenteuer ein", murrte der Professor. Er sah nacheinander Heike, Michael und Thomas an. „Was findet ihr nur immer daran, mit der Zeitmaschine durch die Geschichte zu reisen? Kommt heute nichts Vernünftiges im Fernsehen?"

Er erhielt darauf keine Antwort. Nur Moorteufel, der schwarze Labradorhund, winselte und wedelte mit dem Schwanz.

„Tu nicht so, als ob du etwas davon verstündest", sagte Professor Ambrosius belustigt.

„Aber er versteht wirklich jedes Wort“, verteidigte Thomas seinen Hund und blinzelte Heike zu.

Moorteufel war zwar kein Wunderhund, aber er hatte den Zeitreisenden schon in manchen Situationen geholfen. Seine Spürnase war unschlagbar.

„Nun denn“, brummte der Erfinder. „Wenn wir uns einig sind, mal wieder eine Reise zu unternehmen, dann will ich mein liebes Maschinchen aus der fünften Dimension holen und startklar machen. Archie!“

„Sehr wohl“, meldete Archie.

Auf dem linken der drei Bildschirme erschien augenblicklich die Schrift:

FINIS 5 – D

Heike blickte zu der kleinen Insel hinüber. Noch war sie leer, nur die Luft flimmerte ab und zu regenbogenfarben. Das Funkeln wurde heftiger. Dann tauchten die Umrisse der Zeitmaschine auf. Kurz darauf stand die Maschine da – ein glitzerndes Gefährt, das wie ein querliegendes Ei aussah.

Die Einstiegsluke glitt auf.

„Die Zeitmaschine ist bereit“, verkündete Archie. „Die technische Überprüfung hat keine Besonderheiten ergeben. Alles ist okay.“

„Na hoffentlich“, sagte Professor Ambrosius. „Ich bin nicht scharf darauf, eine böse Überraschung zu erleben.“ Er wandte sich an die anderen. „Habt ihr alles dabei? Sprachpillen?“

Heike griff automatisch nach der kleinen Kunststoffkapsel, die an einer Schnur um ihren Hals hing. Mit Hilfe der Wunderpillen, die der Professor entwickelt hatte, konnte man eine Fremdsprache in Windeseile lernen. Allein mit dieser Erfindung hätte Professor Ambrosius Millionär werden können, doch er hielt die Sprachpillen ebenso geheim wie seine Zeitmaschine.

Michael spürte, wie seine Knie weich wurden, als er über die schmale Brücke ging, die zu der Insel führte. Es war nicht direkt Angst, sondern eher eine kribbelige Erwartung. Was würde wohl passieren?

Die unheimlichen Geräusche in der Nacht! Leider hatte er sie nicht gehört, sondern tief und fest geschlafen. Ob seine Schwester übertrieben hatte? Was für ein scheußliches Untier konnte das nur gewesen sein?

Sie kletterten durch die Einstiegsluke ins Innere der Zeitmaschine und nahmen auf den Sitzen Platz. Moorteufel schmiegte sich an Heikes Beine. Professor Ambrosius überprüfte das Schaltpult.

„Alles klar, Archie?“ fragte er.

„Alles klar“, ertönte das Echo aus dem Lautsprecher. Der Computer der Zeitmaschine und die große Anlage am Flußufer bildeten ein System, aber beide Teile konnten auch unabhängig voneinander arbeiten.

Die Einstiegsluke glitt mit einem sanften Geräusch zu.

Heike hielt unwillkürlich den Atem an, als der Professor sagte: „Du hast die Daten, Archie. Bring uns an den Ort, von dem die Geräusche stammen.“

„Ich werde mein Bestes tun“, versprach der Computer.

Die Zeitmaschine begann zu summen. Heike hielt unwillkürlich den Atem an. Als sie zum Fenster hinausblickte, war die Tropfsteinhöhle verschwunden. Heike sah nur noch weißen Nebel. Es war, als triebe die Maschine in einem Meer aus Watte.

„Diesmal gibt's wohl keine Nebeneffekte“, murmelte der Professor und schielte mißtrauisch zur Decke der Zeitmaschine. Auf ihren Reisen hatten die Kinder und der Erfinder schon die tollsten Sachen erlebt. Da hingen Gesichter einfach in der Luft, oder Stimmen kamen von irgendwoher. Aber bei dieser Fahrt schien tatsächlich alles glatt zu gehen.

Thomas starrte auf den Bildschirm. Der Zeitanzeige nach bewegten sie sich in rasendem Tempo rückwärts in der Geschichte. Schon hatten sie das Mittelalter hinter sich gelassen und steuerten das Jahr Null an. Dann übersprangen sie die Schwelle und befanden sich in vorchristlicher Zeit. Thomas wurde es beinahe schwindelig. Eine derartige Reise war mit dem Verstand fast nicht zu begreifen. Und doch war alles Wirklichkeit.

„Wir sind in wenigen Sekunden am Ziel“, kündigte Archie mit sanfter Stimme an.

Das Dröhnen der Zeitmaschine wurde leiser. Der Nebel draußen lichtete sich. Noch wechselten sich Helligkeit und Dunkelheit in rascher Folge ab: Tage und Nächte. Dann verlangsamte sich das Tempo, und zuletzt blieb es hell.

Sie waren angekommen.

Die Einstiegsluke glitt zischend auf. Sofort drang ein wunderbarer Duft ins Innere der Zeitmaschine. Es roch nach Thymian, nach Mohnblumen, Margeriten und wilden Kräutern. Der Himmel war strahlend blau. In der Luft gaukelten Schmetterlinge. Knorrige Olivenbäume streckten ihre Äste aus, und in der Wiese summten und zirpten unzählige Insekten. Es war ein Bild des Friedens.

Michael kletterte als erster aus der Zeitmaschine und sah sich um. „Es ist niemand in der Nähe“, sagte er. „Ich sehe keine Menschenseele. Auch kein Untier. Nichts.“ Er breitete schwelgerisch die Arme aus.

„Sind wir wirklich richtig, Archie?“ fragte Professor Ambrosius argwöhnisch.

„Sie waren bereit, eine gewisse Ungenauigkeit in Kauf zu nehmen“, meldete der Computer verschnupft.

„Schon gut.“ Der Erfinder wollte sich auf keine Auseinandersetzung einlassen. Er steckte die Fernbedienung ein und kletterte ebenfalls aus der Maschine.

Heike und Thomas waren bereits draußen und standen bis zu den Oberschenkeln in einem Blütenmeer.

„Es ist wie ein Traum“, sagte Heike schwärmerisch. Mit den Händen fuhr sie spielerisch durch die Grashalme. „Was für ein herrlicher Sommertag. Der Himmel, das Meer ...“

„Und keine Spur von unserem geheimnisvollen Tier“, bemerkte der Professor. „Was nun?“

„Am besten sehen wir uns einmal um“, meinte Thomas

und zauste seinem Hund das Fell. „Wenn hier etwas Ungewöhnliches ist, dann wird Moorteufel es bestimmt aufstöbern."

„Hm." Professor Ambrosius warf einen Blick auf die Zeitmaschine, dann zog er die Fernbedienung aus der Tasche und drückte auf ein paar Knöpfe. Die Luft flimmerte, und dort, wo die Zeitmaschine eben noch gestanden hatte, war nur noch flachgedrücktes Gras.

„Die Maschine ist besser in der fünften Dimension aufgehoben", bemerkte der Erfinder und schob die Fernbedienung wieder in die Hosentasche. Er beschirmte seine Augen. „Wohin?"

Heike deutete nach links. „Vielleicht dorthin?" Ihre Hand wies zum Meer. Das Wasser war dunkelblau, und am Ufer ragten malerisch große Steine empor.

„Du glaubst also an eine wütende Seekuh oder an das Ungeheuer von Loch Ness", murmelte Professor Ambrosius. „Möglicherweise hast du recht. Es könnte sich um ein Meeresungetüm handeln ..."

Michael tippte sich an die Stirn. „Die Sonne bekommt euch beiden nicht, wie? Meeresungetüm ... Nächstens taucht hier noch ein Drache auf!"

„Mein lieber Michael", gab der Erfinder zurück. „Ich habe aufgehört, mich auf Zeitreisen über irgend etwas zu wundern. Aufgrund der Gentechnik ist sogar die Existenz eines Drachen denkbar. Wenn Leute aus der Zukunft solch ein Geschöpf schaffen und mittels Zeitmaschine in die Vergangenheit versetzten ..."

„Hör auf!" Heike verzog das Gesicht.

„Also Schutzanzüge anziehen und anschnallen", sagte Michael grinsend.

„Nein, bloß Augen und Ohren offenhalten", meinte Professor Ambrosius. „Die Schönheit dieser Landschaft darf uns nicht dazu verleiten, unvorsichtig zu sein. Wir sind in einem unbekannten Gebiet, vergeßt das nicht."

Sie gingen durch die Wiese. Das Gelände schien unbe-

rührt zu sein. Die Zeitreisenden sahen weder Häuser noch Hütten. Eine Lerche schwang sich vor ihnen in die Luft. Hoch über ihren Köpfen erklang ihr Zwitschern.

„Ich glaube, Archie hat uns wieder mal an den falschen Ort gebracht", vermutete Michael. „Jetzt kann er uns ja zum Glück nicht hören."

„Abwarten", brummte der Professor.

Ein paar Wildenten flogen schnatternd auf. Die Zeitreisenden kamen auf einen kleinen Hügel. Rechts weideten in einem Gatter Ziegen. „Völlig menschenverlassen ist der Ort also doch nicht", bemerkte der Erfinder.

„Warum Menschen? Ich sehe nur Ziegen", widersprach Michael. Ein kleines Zicklein sprang neugierig herbei, machte einen langen Hals und stieß ein klägliches „Mäh" aus.

Heike trat ans Gatter und streichelte den kleinen Kopf. Das Fell war rauh und struppig, und sie spürte deutlich den

Hörneransatz. Das Zicklein meckerte fröhlich. Es war wirklich ein munteres Tier. Moorteufel schaute eifersüchtig zu, aber er bellte nicht.

Ein schmaler Pfad führte am Gatter vorbei zum Meer hinunter. Der Professor und die Kinder gingen im Gänsemarsch. Kleine Grashüpfer sprangen um ihre Füße.

„Puh, was für eine Hitze!“ stöhnte der Erfinder nach einer Weile. Er wischte sich den Schweiß von der Stirn. „Seht ihr irgendwo ein Dorf?“

Thomas und Michael verneinten. Heike deutete jedoch zum Meer hinaus. „Dort ist ein Boot.“

„Vermutlich sind es Fischer“, stellte Professor Ambrosius fest. „Wir wollen zum Strand hinuntergehen und warten, bis sie ankommen. Sicher erzählen sie uns ein bißchen mehr von diesem Ort. Vielleicht erfahren wir etwas über dieses geheimnisvolle Tier.“

Sie kletterten eine Böschung hinab. Michael rutschte einmal aus und zerkratzte sich die Hände an einem dornigen Strauch, als er sich daran festhalten wollte.

„Spinne ich?“ sagte Michael, während er einen Dorn aus seinem Finger zog. „Das Boot oder besser das Schiff ... Es hat ja schwarze Segel!“

Jetzt sahen die Zeitreisenden das Schiff deutlicher. Es steuerte auf die Küste zu. Die düsteren Segel blähten sich im Wind.

„Piraten?“ vermutete Thomas.

„Sie haben keine Flagge mit Totenkopf“, murmelte Heike. Unbehagen kroch in ihr hoch.

„Das ist ganz bestimmt kein Fischerboot“, meinte Michael.

Der Professor stand nur da und starrte zu dem Schiff hinab.

„Vielleicht ist es ein Trauerschiff. Möglicherweise haben sie einen Toten an Bord, den sie hier auf der Insel bestatten wollen.“

„Ich hab' das Gefühl, wir sollten besser verschwinden“, entfuhr es Heike.

„Fortlaufen?“ fragte Professor Ambrosius verwundert. „Warum? Die Leute haben uns sicher schon gesehen.“

Es stimmte. So, wie die Zeitreisenden auf der Klippe standen, waren sie weithin sichtbar.

„Auch wenn sie keine Fischer sind, können wir sie doch um Auskunft bitten“, fuhr der Erfinder fort. „Wir müssen ihre Trauer natürlich respektieren.“

„Aber dieses Schiff ist mir irgendwie unheimlich“, beharrte Heike. Sie fröstelte trotz der Hitze. In ihr wuchs die Überzeugung, daß von dem schwarzen Segler Gefahr drohte. Sie wußte keine Erklärung für das Gefühl.

„Willst du wegrennen?“ fragte Michael vorwurfsvoll. „Schließlich war es doch deine Idee, hierher zu fahren. Typisch! Erst gibst du dich mutig und willst das Untier unbedingt sehen, und jetzt kriegst du es mit der Angst zu tun, nur weil das Schiff schwarze Segel hat.“

Heike biß sich auf die Lippen. Michael hatte recht. Sie benahm sich wirklich albern. Ihre Vorahnungen trafen zwar manchmal zu, aber es hatte auch schon Fälle gegeben, wo ihre Ängste vollkommen unbegründet gewesen waren.

„Okay“, sagte sie leise. „Gehen wir also an den Strand und sehen, was los ist.“

Die Zeitreisenden kletterten das letzte Stück hinunter. Der Strand war steinig und mit Muscheln übersät. Heike entdeckte eine, die aussah, als sei ein Herz mitten auseinandergebrochen. Wieder gab es ihr einen Stich und eine Gänsehaut überlief sie, doch diesmal sagte sie nichts.

Das schwarze Schiff warf ein Stück von der Küste entfernt den Anker aus. Michael blinzelte. Ein Ruderboot mit mehreren Personen löste sich vom Schiff. Es steuerte auf den Strand zu, direkt zu jener Stelle, an der die Zeitreisenden standen.

„Sie haben uns gesehen“, murmelte Professor Ambrosius.

Leise schlugen die Wellen an die Steine. Das Boot kam langsam näher. Es saßen sieben junge Männer darin. Sie trugen einfache weiße Gewänder.

„Merkwürdig.“ Der Erfinder wurde unruhig. „Offenbar wollen sie hier doch niemanden begraben. Bewaffnet sind sie auch nicht. Was wollen sie, und warum bleibt ein Teil der Leute auf dem Schiff zurück?“

„Vielleicht möchten sie Kräuter suchen oder sich eine der Ziegen holen“, vermutete Michael, aber so ganz überzeugt war er nicht.

„Die Sprachpillen“, erinnerte sich Heike.

Jeder der Zeitreisenden schluckte eine der kleinen grünen Pillen. Schließlich wollten sie erfahren, wo sie gelandet waren. Es dauerte nicht lange, bis die Wirkung eintrat.

Die jungen Männer kletterten aus dem Boot und zogen es an Land. Ihr Anführer – er war hochgewachsen, hatte dunkle Locken und blitzende Augen – trat auf die Zeitreisenden zu und blieb wenige Meter vor ihnen entfernt stehen.

„Seid gegrüßt!“ Er hob die Hand. „Ich heiße Theseus und bin im Auftrag meines Vaters unterwegs.“

Seine Augen glitten schnell über die Kinder und den Professor. Einen kurzen Augenblick lang hatte Heike das Gefühl, gemustert und eingestuft zu werden. Theseus' Gesicht wurde jedoch gleich wieder undurchdringlich.

Die anderen Männer kamen mit dem Boot heran. Mit einem Mal wurde Heike bewußt, daß sie sich in großer Gefahr befanden. Sie ballte unwillkürlich die Fäuste.

Theseus lächelte. Der Wind spielte mit seinen Locken.

„Wo sind wir hier?“ fragte Professor Ambrosius. „Ist es Kreta? Wir wollen –“

Weiter kam er nicht. Theseus hatte den Arm gehoben. Mit einem Mal waren seine Begleiter mit schweren Stöcken bewaffnet. Alles ging blitzschnell. Heike spürte einen schweren Schlag auf ihrem Kopf. Das letzte, was sie hörte, war der seltsame Satz:

„Drei sind gerettet.“

Dann wurde alles um sie herum dunkel.

Menschenopfer für den Stiergott

Heike spürte unter ihrem Kopf die harten Holzbretter. Sie wollte sich zur Seite drehen, aber die Schmerzen waren so unerträglich, daß sie jede Bewegung unterließ.

Es war furchtbar heiß. Heike hatte das Gefühl, daß ihr Körper verglühte. Sie öffnete die Augen zu einem Spalt, schloß sie aber sofort wieder, denn die gleißende Sonne blendete sie.

Nur soviel hatte sie erkannt: Sie war auf dem Schiff. Über ihr blähten sich die schwarzen Segel. Der dunkle Stoff zog die Hitze an und schien die Wärme förmlich zu speichern.

Heike ächzte. Was war geschehen? Krampfhaft versuchte

sie, sich zu erinnern, aber ihre Gedanken wollten ihr nicht gehorchen.

„Schöner Mist", murmelte eine Stimme neben ihr. Es war Michael. Jetzt gelang es Heike doch, sich umzudrehen. Sie erschrak, als sie ihren Bruder erblickte. Sein Gesicht war rot und verquollen, die Lippen trocken und aufgesprungen.

„Hallo! Wie geht's dir?" Michael lächelte schwach.

Heike schoß es durch den Kopf, daß sie vermutlich keinen viel besseren Eindruck machte. Ihr Schädel brummte. Sie betastete vorsichtig ihre Haare und spürte eine große Beule. Als sie die Stelle berührte, explodierte etwas in ihrem Kopf und wurde zu einem wirbelnden Feuerball. Heike stöhnte laut auf.

„Die sind nicht gerade sanft mit uns umgegangen", stellte Michael fest.

„Sie haben uns zusammengeschlagen und auf dieses Schiff gebracht", murmelte Heike. Schon dieser Gedankengang war eine gewaltige Anstrengung. Heike machte die Augen wieder zu und ließ sich in dem Meer aus Hitze und Schmerz treiben. War dies das Ende? Alles erschien ihr so unwirklich. Waren sie nicht eben noch auf der wunderschönen blühenden Insel gewesen?

„Du hattest recht", ließ sich Michael vernehmen. „Das Schiff hat uns Unheil gebracht. Sie haben uns drei gekidnappt."

Es dauerte eine Weile, bis Heike den Sinn seiner Worte begriff. Drei? Warum bloß drei? Sie waren doch vier – eigentlich fünf, wenn man Moorteufel mit einrechnete.

Michael sprach abgehackt weiter. „Onkel Ambrosius ... er ist nicht an Bord ... ich weiß auch nicht, was geschehen ist. Nur wir ... Thomas, du und ich ..."

Heike schluckte. In ihrer Kehle steckte ein Kloß, so groß wie ein Fußball.

„Aber warum? Warum bloß?"

Michael wußte auch keine Antwort.

Heike nahm all ihre Kräfte zusammen. Sie versuchte, sich

hochzuziehen und aufzusetzen, um festzustellen, ob sie schon weit von der Insel entfernt waren und wohin das Schiff sie brachte. Doch der Versuch scheiterte. Sie war einfach zu schwach. Sobald sie ihren Kopf hob, wurde ihr übel. Matt blieb sie liegen. ‚Gehirnerschütterung', dachte sie. ‚Kein Wunder, nach so einem Schlag auf den Kopf.'

Eine Zeitlang bildete sie sich ein, im Krankenhaus zu liegen. Sie glaubte, Ärzte und Schwestern zu hören, die besorgt um ihr Bett herumstanden und sich um sie kümmerten. Doch eine plötzliche Welle, die das Schiff in die Höhe hob, brachte Heike aus dem Traum in die Wirklichkeit zurück. Vor Verzweiflung stiegen ihr die Tränen in die Augen.

Jemand berührte sie sachte am Arm. Es war Thomas.

„Hier. Trink das. Vielleicht geht's dir dann besser." Er hielt ihr eine Schale an den Mund.

Heike nippte an der lauwarmen Flüssigkeit. Es war Wasser, vermischt mit Wein, der nach Harz roch. Das Getränk schmeckte nicht gerade gut, aber der Kloß in Heikes Hals löste sich etwas auf.

„Danke", murmelte sie.

Thomas streichelte ihr sanft über die Wange. Diese Zärtlichkeit war ungewöhnlich. Heike faßte seinen Arm und hielt ihn fest.

„Was ist los? Was haben sie mit uns vor?" Sie bemühte sich, ihm in die Augen zu sehen.

Thomas wollte ihrem Blick ausweichen.

„Sag schon", drängte Heike. "Du weißt es."

Thomas senkte den Kopf. „Die Insel, auf der wir waren, war nicht Kreta."

„Nicht?" fragte Heike verwundert. Sie stützte sich mit den Ellbogen auf. Der Schmerz in ihrem Kopf war jetzt unwichtig.

„Das Schiff ist nämlich unterwegs nach Kreta", gab Thomas zur Antwort. „Diese schwarzen Segel ...", er deutete in die Höhe, „das Schiff hat einen traurigen Auftrag ..." Seine Lippen zuckten.

„Mach's nicht so spannend", fauchte Michael.

„Auf Kreta findet ein großes Fest statt." Thomas stockte. Er konnte kaum weitersprechen. „Bei diesem Anlaß sollen sieben Mädchen und sieben Jungen geopfert werden."

Heike begriff nicht gleich. „Wie?"

„Menschenopfer?" fragte Michael fassungslos.

Thomas brauchte nichts zu sagen. Heike und Michael lasen die Antwort in seinem Gesicht ab.

„Und wir gehören dazu", sagte Heike tonlos. Einen Moment lang wurde es ihr schwarz vor den Augen.

„Es gibt bestimmt eine Möglichkeit zur Flucht", versuchte Thomas sie zu trösten. „Wir können über Bord springen und ans Ufer schwimmen ..." Er brach ab, denn ihm wurde klar, daß Heike momentan nicht in der Lage war, auch nur drei Meter weit zu schwimmen.

„Oder auf Kreta ... sicher sind die Aufpasser bestechlich ..."

Thomas merkte selbst, wie wenig überzeugend seine Worte klangen. Er faßte Heikes Arm. „Wir dürfen jetzt nicht verzweifeln, verstehst du?"

‚Das Ganze ist nicht wahr', dachte Heike. ‚Bestimmt wache ich gleich auf und liege zu Hause in meinem Bett.'

Doch das Knarren der Segel und der Geruch des Meeres waren so wirklich, daß sie sich nicht lange etwas vormachen konnte. Es war kein Traum, sondern sie befand sich auf diesem Schiff, das den unheilvollen Auftrag hatte, vierzehn todgeweihte Menschen nach Kreta zu bringen.

Sie ballte die Hände zu Fäusten. Nein, so schnell wollte sie nicht aufgeben. Man hatte sie auf gemeine Weise überfallen und gekidnappt, um sie einem fremden Gott zu opfern!

„Alle neun Jahre werden je sieben Jungen und Mädchen aus Athen nach Kreta gebracht", berichtete Thomas. „So will es Minos, der König von Kreta. Es ist ein altes Versprechen, an das die Athener gebunden sind."

„Ganz klar." Michael schaltete rasch. „Und weil sie nicht

ihre eigenen Söhne und Töchter opfern wollen, haben sie uns geschnappt." Er setzte sich mühsam auf. „Verflixter Mist! Hat jemand von euch eine Ahnung, wo Onkel Ambrosius ist?"

Thomas wußte nur, daß sich der Erfinder nicht auf dem Schiff befand. „Vermutlich ist er auf der Insel zurückgeblieben – zusammen mit Moorteufel." Er preßte seine Lippen aufeinander und schaute in die Ferne. Ganz weit hinten am Horizont befand sich ein dunkler Punkt. Vielleicht war dies die Insel, auf der sie mit der Zeitmaschine gelandet waren. Thomas konnte es nicht mit Sicherheit sagen. Zu lange war er ohnmächtig gewesen. Er wußte nicht, wie viele Stunden seit dem Überfall verstrichen waren und wie schnell das Schiff segelte. Es konnte sich ebensogut um eine ganz andere Insel handeln.

Jetzt fuhr das Schiff der Sonne entgegen. Das Meer funkelte, die Wellen warfen unzählige Reflexe, so daß die Augen schmerzten, wenn man längere Zeit hinsah.

Vor ihnen lag Land, und eine Bucht tat sich auf auf. Graue, schroffe Felsen erhoben sich im Hintergrund, das Ufer war grüngesäumt mit Palmen, dahinter schimmerten Gebäudemauern. Seevögel umschwärmten das Schiff und flogen krächzend um die Masten, so als wollten sie die Ankömmlinge begrüßen.

Heikes Ohren schmerzten von dem heiseren Geschrei. Obwohl sie Tiere liebte, erschienen ihr nun die Vögel als Vorboten eines dunklen Schicksals. Es war eine Möwenart mit kalten, glasigen Augen. Die Vögel hatten einen eigentümlichen Flugstil. Sie ließen sich mitten in der Luft einfach fallen, um sich dann über der Wasseroberfläche wieder zu fangen.

Es kam Heike vor wie ein schlimmer Alptraum.

Thomas half ihr auf die Beine und hielt sie fest. Das Mädchen stöhnte. Segel, Masten, Schiffsplanken – alles drehte sich im Kreise. Es war unmöglich, einen Punkt zu fixieren.

Heike klammerte sich an einer Stange fest und atmete tief

durch. Das Schiff näherte sich der Insel. Schon waren Einzelheiten der Gebäude zu erkennen. Menschen versammelten sich am Ufer. Sie schienen das Schiff zu erwarten.

‚Ob uns jemand hilft, wenn wir fliehen?' schoß es Heike durch den Kopf. Sie hatte rasende Schmerzen, und das Schwindelgefühl ließ nicht nach, im Gegenteil. Ihre Sicht trübte sich, und die Menschenmenge verschwamm zu einer unförmigen Masse.

Rufe erschollen. Die Leute winkten dem Schiff zu. Das Ufer war mit Blumen geschmückt, die auf dem Boden zu kunstvollen Ornamenten zusammengefügt waren.

Heike nahm alles wie im Traum wahr. Nun trat eine schlanke Frau in einem weißen Gewand auf sie zu. Sie hatte ein schmales Gesicht mit hohen Wangenknochen, lange schwarze Haare, dunkle Augenbrauen und sah sehr geheimnisvoll aus. In den Händen trug sie einen Krug, den sie Heike mit den Worten reichte:

„Trinke aus diesem Krug, damit du für deine große Aufgabe genügend Kraft hast. Du bist nämlich eine der Auserwählten, die das Reich des Minos schützen und vor Zerstörung bewahren sollen."

Ein eigentümlicher Duft stieg aus dem Krug auf. Er machte Heike benommen und schläfrig.

„Zerstörung?" wiederholte sie. Der Inhalt des Kruges zog sie magisch an. Es war ein brauner, dickflüssiger Saft, der süßlich roch. „Warum Zerstörung?"

„Du wirst die Insel vor den Kräften der Erde schützen", sagte die Frau mit sanfter Stimme. Ihre Augen hatten dieselbe Farbe wie die Flüssigkeit im Krug. „Die Schlange der Tiefe soll schlafen, denn sobald sie mit ihrem Schwanz zuckt, stürzen Häuser ein und Abgründe tun sich auf. – Jetzt trink."

Heike führte den Krug an die Lippen. Es war eine Art Sirupsaft, fast unerträglich süß. Aber Heike glaubte, auch Mohn herauszuschmecken. In ihrem Kopf schrillte es Alarm. Der Saft enthielt eine Droge, mit der man sie gefügig machen wollte. Man beabsichtigte, ihren Widerstand zu dämpfen und ihren Willen auszuschalten.

‚Nicht mit mir!‘ dachte Heike rebellisch.

„Trink!“ forderte die Frau sie erneut auf, diesmal mit Nachdruck, denn sie hatte Heikes Zögern bemerkt.

Das Mädchen nahm gehorsam einen großen Schluck, behielt ihn aber im Mund. Sobald sich die Frau abwandte, spuckte Heike die Flüssigkeit über Bord.

Die kleine Menge, die sie jedoch getrunken hatte, machte ihre Mundhöhle taub, und ihr Magen begann wie Feuer zu brennen. Die Wärme breitete sich in ihrem ganzen Körper aus. Heike fühlte sich kräftiger, trotzdem hatte sie den Eindruck, daß sie nicht das tun konnte, was sie eigentlich wollte.

Sie kam sich vor wie eine Marionette.

Irgendwo begann jemand auf einer Flöte zu spielen. Die wundersamen Töne drangen in ihr Ohr und schienen in ihrem Kopf eine eigene Melodie zu formen. Heike konnte den Flötenspieler nirgends entdecken. Auch Michael und Thomas waren wie gebannt von der Musik.

Langsam lief das Schiff in die große Bucht ein. Der Blumenduft strömte vom Ufer herüber. Trommler schlugen rhythmisch auf ihre fellbespannten Instrumenten. Die Leute am Ufer jubelten dem Schiff zu.

Michael ächzte. „Das scheint hier ja ’ne große Party zu sein – auf unsere Kosten.“

„Uns muß etwas einfallen“, murmelte Thomas in beschwörendem Tonfall. Seine Augen verdunkelten sich.

Während der Fahrt hatten sich die Zeitreisenden noch frei auf dem Schiff bewegen können. Jetzt legte das Schiff an, und mehrere Männer betraten das Deck. Sie waren weiß gekleidet, und auf ihren Gewändern prangten gestickte Stierhörner. Die goldenen Fäden glänzten in der Sonne.

Heike fiel auf, wie hart ihre Gesichter wirkten. Nein, das waren keine Leute, die Mitleid haben würden. Die Augen blickten kalt, und die Pupillen waren stecknadelkopfklein. Die Mienen der Männer verrieten keinerlei menschliche Anteilnahme.

‚Es ist ihr Job, uns in Empfang zu nehmen und alle Vorbereitungen zu treffen', dachte Heike. Es überlief sie kalt. Sie hatte keine Ahnung, auf welche Weise sich das schreckliche Schicksal gestalten würde. Sie biß die Zähne aufeinander, um die aufsteigende Panik zu unterdrücken.

Zusammen mit anderen Jungen und Mädchen mußten die Zeitreisenden über ein schmales Brett balancieren, das man zwischen Schiff und Ufer gelegt hatte. Priesterinnen traten auf die Ankömmlinge zu und legten ihnen weiße Umhänge um, auf denen ebenfalls goldene Stierhörner aufgestickt waren. Eine Flötengruppe begleitete die Handlung mit einer feierlichen Melodie.

Dann wurden die Jungen und Mädchen von den Priestern und Priesterinnen eine blumengesäumte Straße entlangegeführt. Heike hatte Lust zu schreien: „Wir gehören nicht dazu! Man hat uns einfach auf dieses Schiff gezwungen!" Doch ihre Kehle war wie zugeschnürt. Außerdem hätte kaum jemand ihre Rufe gehört. Der Jubel der Menge war zu laut. Viele Leute schwenkten Palmwedel oder warfen Blumen auf die Ankömmlinge.

Nun traten auch Akrobaten auf. Weißgekleidete junge Männer sprangen vor die Prozession. Einer fing an, mit bunten Bällen zu jonglieren. Es war nicht nur ein einfaches In-die-Luft-Werfen, sondern durch die wechselnden Ballfarben entstanden faszinierende Muster. Ein anderer Künstler lief auf den Händen, ein dritter schlug in so rascher Folge Saltos, daß es den Zuschauern vom bloßen Hinsehen schwindelig wurde.

„Die Leute stehen zu dicht. Weglaufen hat keinen Sinn", zischte Thomas Heike zu. Sie hatte Mühe, ihn zu verstehen.

Er hatte recht. Sie wären nicht weit gekommen. Man hätte sie nach wenigen Metern aufgehalten und zurückgebracht. Niemand unter den Zuschauern schien sich darüber zu entrüsten, daß die Jungen und Mädchen dem Tod geweiht waren. Zumindest konnte Heike aus ihren Mienen weder Mitleid noch Erstaunen herauslesen.

Sie fühlte Beklommenheit in sich aufsteigen. Automatisch tastete sie nach der Kapsel mit den Sprachpillen, die noch immer um ihren Hals hing. In das kleine Kunststoffgefäß hatte der Professor seit kurzem einen Sender eingebaut. Archie konnte dadurch leichter ihren Aufenthaltsort ermitteln.

‚Onkel Ambrosius braucht nur mit der Zeitmaschine aufzutauchen, dann sind wir gerettet', dachte Heike hoffnungsvoll. Dann fiel ihr ein, wie die Männer auf der Insel ihre Stöcke geschwungen hatten. Im Geiste sah sie den Erfinder bewußtlos am Boden liegen, das Gesicht halb im Wasser ... Ihr Herz krampfte sich zusammen. Sie kämpfte gegen die Phantasievorstellung an. Weder sie noch Thomas oder Michael wußten, was mit dem Professor geschehen war. Vielleicht war es ihm ja gelungen zu fliehen.

Nach ungefähr einer halben Stunde hielt der Zug vor einem großen Gebäude. Dort trat ein hochgewachsener Mann heraus. Ein Umhang aus hellem Fell hing um seine Schultern, außerdem trug er eine goldene Stiermaske. Die Maske hatte schmale Augenschlitze, aber es war unmöglich zu erkennen, wer sich dahinter verbarg. Es ließ sich nicht einmal mit Sicherheit sagen, ob es wirklich ein Mann war. Eine schrille Flötenmelodie ertönte, dann brach das Musikstück plötzlich ab, und es herrschte Stille, die auf seltsame Weise erschreckend war.

Dann sagte eine Stimme, die weder eindeutig zu einem Mann noch zu einer Frau gehörte, sondern sehr unpersönlich klang: „Ich heiße euch im Namen von Minos, dem mächtigen Herrscher von Kreta, willkommen. Ich danke Athen für die Opfergabe."

Theseus trat vor und verkündete mit sehr ernstem Gesicht: „Mein Vater Aigeus sendet Grüße an den allmächtigen König Minos. Ich komme zusammen mit sechs anderen jungen Männern und sieben Mädchen, um eine alte Schuld zu sühnen und das Versprechen einzulösen."

Man mußte schon sehr genau hinhören, um die Unsicherheit in Theseus' Stimme zu bemerken. Hinter dem zur Schau getragenen Selbstbewußtsein schwang Angst. Heike schätzte den jungen Mann auf Anfang Zwanzig. Er stand breitbeinig vor dem Stierköpfigen. Seine Augen blitzten, seine Haltung drückte Entschlossenheit aus. Heike wurde nicht schlau aus Theseus. Einerseits war er genau wie sie dem Opfertod geweiht, andererseits war er es gewesen, der veranlaßt hatte, die Insel anzufahren und drei attische Jünglinge und Mädchen gegen die Zeitreisenden auszutauschen.

‚Logisch wäre es gewesen, wenn er sich selbst in Sicherheit gebracht hätte', überlegte Heike. ‚Warum spielt er den Helden?'

„Weshalb schickt König Aigeus seinen eigenen Sohn?" fragte der Stierköpfige nach.

In Theseus' Gesicht zuckte es, aber die Antwort kam ohne Zögern: „Aigeus ist ein gerechter Mann. Er verlangt von anderen, daß sie ihre Söhne und Töchter opfern, und er macht bei sich keine Ausnahme. Deswegen sendet er auch seinen Sohn."

„Die Entscheidung muß dem König schwergefallen sein, sonst würde das Schiff keine schwarzen Segel tragen", entgegnete die Gestalt mit dem Stierkopf.

„So ist es", erwiderte Theseus ruhig.

„Tretet ein in das Haus des Gottes", sagte der Stierköpfige und machte eine einladende Handbewegung. „Nicht unvorbereitet sollt Ihr dem Gott entgegengehen. Drei Tage und drei Nächte habt Ihr Zeit, Euch einzustimmen auf die große Begegnung." Er ging einen Schritt zur Seite, damit die Ankömmlinge das Gebäude betreten konnten. Eine dunkle, bogenförmige Öffnung tat sich auf. Der Geruch nach Moder und Verfall schlug den Zeitreisenden entgegen. Heike mußte an einen Höllenschlund denken. Sie bekam Gänsehaut auf Armen und Beinen. Als sie an dem Stierköpfigen vorbeiging, kippte dieser ihr eine Schöpfkelle wohlriechenden Öls auf den Kopf. Die Flüssigkeit rann ihr das Haar hinab und breitete sich auf ihren Schultern aus. Der Duft – eine Mischung aus Lilien, Myrte und Salbei – war betäubend. Gleichzeitig roch es nach Harz, und vor Heikes Augen entstand sofort das Bild eines sonnigen Pinienwäldchens. Sie ging zwei Schritte weiter und befand sich in einem finsteren Raum, während ihr das Gehirn noch immer Sonnenschein und Bäume vorgaukelte.

Heike atmete schwer. ‚Betrug!' dachte sie und ballte die Fäuste. Der Boden schien unter ihren Füßen zu schwanken. Was war Wirklichkeit und was Traum? Konnte der Geruch einen Menschen derartig beeinflussen und betäuben?

Hände streckten sich nach ihr aus. In einer Ecke brannte eine Pechfackel. Heike sah Menschen mit Stiermasken. Ihre Köpfe wurden vom Feuerschein beleuchtet, golden blinkten die Hörner. Der Angstschweiß lief Heike von der Stirn und vermischte sich mit dem Duftöl. Nach einer Weile begriff sie, daß Frauen unter den Masken steckten, vermutlich Priesterinnen. Heike wurde klar, daß sie im Moment noch nichts Böses zu erwarten hatte. Das Schreckliche würde frühestens in drei Tagen stattfinden.

Es blieb den Zeitreisenden also eine Frist von zweiundsiebzig Stunden …

Der Mann ohne Gedächtnis

Professor Ambrosius wurde davon wach, daß die Wellen an seinen Zehen leckten. Er setzte sich auf. Sofort wurde ihm furchtbar übel. Schwarze Punkte tanzten vor seinen Augen.

„Du liebes Bißchen, was ist denn jetzt schon wieder passiert?“ Die Sicht wurde klar, und der Professor mußte seine Augen beschirmen, denn die Sonne blendete ihn. Der leuchtend orange Ball war eben dabei, im Meer zu versinken. Es war ein Sonnenuntergang, wie er schöner nicht hätte sein können.

„Hm ...“ Der Erfinder hatte das Gefühl, als müsse er sich an etwas erinnern, kam aber nicht darauf, was es war. Mühsam rappelte er sich auf, schwankte und gewann dann sein Gleichgewicht wieder.

„Verflixt und zugenäht, meine Hosen sind patschnaß geworden. Ich muß gleich nach Hause und andere anziehen. Was ist nur geschehen? Was tue ich hier am Strand?“

Der Wind wehte vom Meer her und spielte sachte mit seinem Haar. Es war eine milde Brise, und der Professor empfand das Lüftchen als sehr angenehm.

„Es ist hier wunderschön, aber ...“ Er stockte und faßte an seinen Kopf. Sofort zuckte er zusammen. „Meine Güte, was habe ich da für eine Beule?“ Er betastete vorsichtig die Schwellung und verzog schmerzhaft das Gesicht. „Ich scheine einen Schlag auf den Schädel bekommen zu haben.“ Er blickte sich um, aber es war niemand zu sehen. „Wie? Keiner da? Vielleicht bin ich gestürzt ... Ich muß sofort nach Hause, meine Frau wird sich bestimmt Sorgen machen.“

Er stutzte. Der letzte Satz stimmte nicht, das fühlte er. „Meine Frau ... Ich bin doch gar nicht verheiratet. Oder doch?“ Er geriet in Verzweiflung. „Ich kann mich nicht erinnern! Was ist nur mit mir los?“

Je mehr er darüber nachgrübelte, desto unsicherer wurde er. Irgend etwas war mit seinem Gedächtnis los. Es funktionierte nicht so, wie es sollte. Es kam dem Professor vor, als renne er jedesmal gegen eine unsichtbare Sperre. Immer, wenn er einen Gedanken zu Ende denken wollte, schien in seinem Gehirn das Schild „Sackgasse“ aufzuleuchten. Der Erfinder stöhnte.

„Das darf nicht wahr sein. Wer bin ich, und wo bin ich zu Hause? Lebe ich auf dieser Insel, oder bin ich nur zufällig hier?“

Er wühlte in den Hosentaschen in der Hoffnung, einen Anhaltspunkt zu finden. Zum Vorschein kam ein kleines schwarzes Kästchen – die Fernbedienung der Zeitmaschine. Professor Ambrosius starrte darauf, ohne sich an den Zweck des Gerätes zu erinnern.

„Verflixt und zugenäht, dieses Ding ist irgendwie unheimlich wichtig, ich weiß nur nicht, wozu.“ Er hielt die Fernbedienung ans Ohr. „Nein, Musik macht es nicht. Ich kann damit auch nicht die Himmelsrichtungen feststellen. Ein Kompaß ist es nicht und auch kein Radio. Was dann?“

Die Fernbedienung gab keine Antwort. Der Professor drückte auf ein paar Tasten und ertappte sich dabei, daß er nach etwas Ausschau hielt, ohne zu wissen, wonach. Er schaute einfach in die Luft, aber nichts geschah. Dann schüttelte er über sich und sein Verhalten den Kopf.

„Ich bin vermutlich verrückt geworden.“

In seinem Kopf erklang eine Frauenstimme: *„Sie arbeiten einfach zuviel, Herr Professor. Sie werden eines Tages noch überschnappen!“*

O ja, die Stimme kannte er gut! Sie hatte ihn tausendmal gewarnt, regelrecht genervt, aber offenbar hatte die Warnung nichts gefruchtet. Jetzt hatte er sich wohl kaputtgeschuftet und konnte sich nicht einmal daran erinnern, was er zuletzt getan hatte. So ein Schlamassel!

Er steckte die Fernbedienung wieder ein und ließ den Blick übers Meer schweifen. Die Sonne war inzwischen halb hinter dem Horizont verschwunden. Das Meer schimmerte glutrot. Ein paar Vögel flogen über den Himmel.

Die abenteuerlichsten Gedanken schossen dem Professor durch den Kopf. War er ein Pirat, der Schiffbruch erlitten und rein zufällig auf der Insel gestrandet war? Oder war er von seinen Kumpanen krankenhausreif geschlagen worden? Oder war er ein Fischer und verdiente seinen Lebensunterhalt damit, kleine Fische mit noch kleineren Würmern anzulocken?

Er erinnerte sich wieder an die Stimme. Hatte sie nicht „Herr Professor“ gesagt? Folglich mußte er ein Diener der Wissenschaft sein. Aber, verflixt noch mal, was tat er dann auf dieser Insel? „Vielleicht bin ich hier, um die Pflanzen zu erforschen“, grübelte der Erfinder. Er horchte in sich hinein, nur um festzustellen, daß ihn Pflanzen herzlich wenig interessierten. Dann schon eher Gesteine.

Prüfend hob er einen Stein auf und betrachtete ihn. Er

war hübsch und flach, aber eigentlich nichts Besonderes. Professor Ambrosius wollte ihn ins Meer schleudern, dann fiel ihm etwas ein. Er ging in die Knie und ließ den Stein übers Wasser flippen. Er hüpfte fünfmal auf. Na bitte! Gelernt war eben gelernt.

Leider half ihm das auch nicht weiter. Er blickte trübsinnig auf die glitzernden Wellen. Nicht einmal der eigene Name fiel ihm ein. Es war ein schreckliches Los.

Da entdeckte er in der Ferne auf dem Meer einen dunklen Punkt. Sein Herz krampfte sich zusammen. Er hatte das Gefühl, alles schon einmal erlebt zu haben, und zwar erst vor kurzem. Seine Knie fingen an zu zittern.

„Was ist los mit dir, du alter Trottel?" schimpfte er, ärgerlich auf sich selbst. „Warum hast du so höllische Angst vor dem Boot?" Er beschirmte seine Augen und erkannte, daß es nur ein kleiner Fischerkahn mit zwei Männern war.

Professor Ambrosius winkte mit beiden Armen.

„He, hallo! Hallo!" Er war unsicher, ob die Männer im Boot ihn überhaupt hören konnten, denn der Wind wehte in die entgegengesetzte Richtung. Doch das Boot drehte schließlich bei und näherte sich langsam dem Ufer. Professor Ambrosius mußte beide Beine in den Boden stemmen, um dem Wunsch zu widerstehen, einfach fortzurennen.

„Du benimmst dich völlig albern", murmelte er. „Die Fischer können dir vielleicht Auskunft geben, was mit dir los ist."

Als das Boot nahe genug herangekommen war, riefen die Männer ihm etwas zu. Anfangs verstand Professor Ambrosius nicht, was sie sagten, aber nach wenigen Sätzen gewannen die Worte an Klarheit. Die Sprachpille, die er vor einigen Stunden geschluckt hatte, wirkte noch immer; allerdings war es dem Professor momentan entfallen, daß er diese Wunderpillen überhaupt erfunden hatte. Die Ruder plätscherten im Wasser. Einer der Männer schwang sich über Bord und watete an Land.

„Wer bist du, und woher stammst du?"

„Gerade das wollte ich dich fragen“, entgegnete der Professor und kratzte sich verlegen den Kopf. Dabei berührte er versehentlich die Beule und zuckte zusammen. „Ich habe offenbar das Bewußtsein verloren. Als ich vorhin erwachte, lag ich hier am Ufer – aber ich kann mich, Teufel noch mal, nicht mehr daran erinnern, wie ich hierher gekommen bin.“

Der andere zögerte. „Bist du verletzt?“ fragte er nach einer Weile.

„Ich hab' 'ne Beule am Hinterkopf“, gestand der Erfinder. „Ich weiß nicht, ob ich hingefallen bin oder eins über den Schädel bekommen habe.“ Er zuckte mit den Achseln und sah sich um. „Ich weiß überhaupt nichts mehr. Es ist verdammt einsam hier. Dabei habe ich das Gefühl, hier müßten noch mehr Leute sein ...“ Er stockte. Ihm wurde klar, daß er irgendwelche Personen vermißte. Aber, zum Kukkuck, wer war das? Waren es seine Kinder, seine Schwester oder gar seine Tante?

Um ein Haar hätte er geweint, so sehr quälte ihn sein verlorenes Erinnerungsvermögen. Er nahm die Brille ab und fuhr sich über die Augen. Der Fischer schaute ihm interessiert ins Gesicht, dann blickte er wiederum auf die Brille.

„Warum befestigst du dieses Ding an deinen Ohren?“ wollte er dann wissen, nachdem Professor Ambrosius die Brille wieder aufgesetzt hatte.

„Ich kann damit besser sehen“, gab der Erfinder zur Antwort. Jetzt betrachtete er seinen Gesprächspartner. Der Fischer hatte ein breites Gesicht, eine große gebogene Nase und ein vorspringendes Kinn. Die buschigen Augenbrauen waren auf der Nasenwurzel zusammengewachsen, und die braunen Augen quollen ein wenig hervor. Trotz der Häßlichkeit drückte seine Miene Gutmütigkeit und Schlichtheit aus.

„Ich bin Amykos, flink mit den Händen und dem Netz“, stellte sich der Fischer vor. „Ich komme selten ohne einen Fisch nach Hause, egal, ob ich im Norden oder im Süden mein Netz auswerfe.“ Nach einer kurzen Pause fragte er neugierig: „Wie heißt du?“

„A-Amb ... Am ... nein, Bro-bro ...“ Professor Ambrosius wurde immer verzweifelter. „Ich kann mich einfach nicht erinnern!“ Er stöhnte und raufte sich das Haar. „Du hältst mich jetzt sicher für einen Lügner oder einen Schwindler, aber ich schwöre dir, ich sage die Wahrheit. Ich erwachte hier am Strand und hab' keinen blassen Schimmer, was vorher war.“

Amykos wurde nachdenklich. „Es kommt nicht selten vor, daß Leute angeschwemmt werden. Vielleicht bist du ein Schiffbrüchiger ...“ Seine Stimme wurde feierlich. „Oder du bist in Wahrheit ein Gott, der Menschengestalt angenommen hat, um mich auf die Probe zu stellen.“

„Ein Gott bin ich bestimmt nicht“, erwiderte Professor Ambrosius, doch Amykos grinste nur.

„Selbst wenn du einer wärst, würdest du es mir natürlich nicht sagen. Aber egal! Sicher bist du hungrig und durstig. Außerdem muß deine Wunde am Kopf versorgt werden. Komm mit mir nach Hause. Meine Frau wird sich um dich kümmern. Es soll dir an nichts fehlen. Steig in mein Boot.“

Der Erfinder krempelte seine Hosenbeine hoch, zog die Schuhe aus und watete ins Wasser. Muscheln und spitze Steine piekten ihn in die Fußsohlen. Er kletterte so ungeschickt ins Boot, daß er um ein Haar auf der anderen Seite wieder hinausgefallen wäre. Amykos hielt ihn geistesgegenwärtig fest.

„Ein Seemann bist du wohl nicht.“

Der andere Fischer rückte zur Seite, um dem Erfinder Platz zu machen. Professor Ambrosius hockte sich auf ein Brett. Zu seinen Füßen befand sich ein Gewirr aus Seilen und Netzen.

„Solange du deinen Namen nicht weißt, werden wir dich Acheloios nennen“, schlug Amykos vor.

Acheloios ... Acheloios ... dieses Wort schien eine Saite in Professor Ambrosius' Erinnerungsvermögen zum Klingen zu bringen. Es war zwar nicht der richtige Name, aber doch irgendwie ähnlich. Der andere Fischer lachte. „Acheloios! Bist du denn aus dem Wasser gestiegen und weißt nicht mehr, wo du deine Hörner hingelegt hast?“

„Wie?“ fragte der Erfinder verständnislos. Einen Augenblick hatte er den Eindruck, daß sich die beiden über ihn lustig machten. Doch dann klärte Amykos ihn auf. „Acheloios ist ein Wassergott. Er ist fähig, sich in einen Stier zu verwandeln.“ Er griff nach dem Ruder und stieß das Boot ab.

Professor Ambrosius fühlte das Schaukeln der Wellen und sah, wie sie sich vom Ufer entfernten.

Amykos und sein Freund stritten sich kurz darüber, welche Richtung sie einschlagen sollten.

„Wir müssen die Netze auswerfen, bevor der Mond aufgeht, sonst fangen wir nichts“, meinte der andere Fischer, der Phokos hieß.

„Heute nacht haben wir genügend Zeit“, widersprach Amykos. „Der Mond wird erst spät am Himmel erscheinen. Außerdem ist die Jahreszeit günstig, und wir werden sicher einen guten Fang machen. Also können wir Acheloios ruhig erst an Land bringen.“ Er zwinkerte. „Falls er tatsächlich ein Gott ist, sollten wir ihn nicht verärgern.“

Professor Ambrosius brummte unwillig. Phokos schubste ihn kameradschaftlich und lachte laut.

Sie ruderten übers Meer. Ab und zu sprühten Wassertropfen ins Boot. Einmal sprang ein Fisch vor ihnen in die Höhe. Sein Leib glänzte silbern auf.

„Ein prächtiger Bursche“, sagte Amykos.

„Fast wäre er dir auf den Schoß gesprungen, Acheloios“, spottete Phokos.

Ungefähr eine halbe Stunde später legte das Boot in einer kleinen Bucht an. Es war inzwischen ganz dunkel. Professor Ambrosius hatte Mühe, das Ufer zu erkennen. Amykos schien jedoch Augen wie eine Katze zu haben; ihm machte die Finsternis überhaupt nichts aus. Er schwang sich über den Bootsrand und trug dem Professor auf, ihm zu folgen.

„Der schmale Pfad führt direkt zu meiner Hütte. Es ist nicht weit. Komm!“

Der Professor ging hinter Amykos her. Der Weg war steinig, und einmal knickte Professor Ambrosius mit dem Knöchel um.

„Verflixt und zugenäht! Ich breche mir noch alle Knochen!“ Er humpelte mit zusammengebissenen Zähnen weiter.

Irgendwo schrie eine Eule, und das Geräusch jagte dem Erfinder einen Schauder über den Rücken. Wieder hatte er den Eindruck, als müsse er sich gleich an alles erinnern, was er vergessen hatte. Doch das Gefühl trog. In seinem Gedächtnis blieb alles dunkel. Die Umrisse einer Hütte tauchten vor den Männern auf. Eine Gans begann wild zu schnattern.

„Ruhig, Megaira, ich bin's bloß, dein Herr“, rief Amykos. Die Gans verstummte.

„Megaira ist sehr schlau“, vertraute Amykos dem Professor an. „Ich hab' sie auf Kreta einem Händler abgekauft, und eigentlich wollten wir sie essen. Doch dann brachte es meine Frau nicht fertig, das Tier zu schlachten. Sie hat es von Tag zu Tag verschoben, und Megaira lief ihr überall nach ... Tja, jetzt gehört die Gans zur Familie.“

Ein Schatten kam flügelschlagend aus der Dunkelheit. Professor Ambrosius wich ängstlich zurück. Megaira begrüßte Amykos mit zärtlichen Schnatterlauten. Der Fischer bückte sich und nahm die Gans auf seine Arme. „Schon gut, meine Kleine. Ich bringe Besuch mit. Benimm dich anständig, und sei nett zu unserem Gast, ja?“

„Glaubst du, sie versteht dich?“ fragte der Professor ängstlich. Vor Gänsen hatte er Respekt. Er hatte keine Lust, von dem starken Schnabel gezwickt zu werden.

Amykos lachte nur. „Megaira begreift, daß sie unsere Gäste nicht ärgern darf. Sie versucht zwar bei jeder Gelegenheit, ihren Schabernack zu treiben, aber dann droht ihr Selene, sie doch noch in den Kochtopf zu stecken. – Selene ist meine Frau“, fügte er erklärend hinzu.

Sie waren nun vor der Hütte angelangt. Trotz der Finsternis bemerkte Professor Ambrosius, wie windschief die Behausung war. Die Wände bestanden aus Brettern und Ästen, verschmiert mit Lehm, das Dach war mit Stroh gedeckt.

„Hast du keine Angst, daß euer Haus bei einem Sturm einfach weggeweht wird?“ rutschte es dem Erfinder heraus.

„Ist schon zweimal passiert“, gab Amykos zurück. „Aber Selene und ich haben es einfach wieder aufgebaut. Unsere Hütte ist zwar bescheiden, aber sie bietet ausreichend Schutz vor Wind und Wetter. Tritt ein.“ Er stieß die schmale Tür auf. Es roch so stark nach Kräutern und Gewürzen, daß der Professor niesen mußte.

„Zum Wohl“, ertönte eine Frauenstimme aus dem Hütteninneren. „Was ist los, Amykos? Warum kommst du zurück? Hast du dich erkältet?“

„Ich habe einen Gast mitgebracht, Selene“, antwortete Amykos. „Ich fand ihn am Strand. Er ist fremd auf dieser Insel. Außerdem liegt auf seinem Gedächtnis ein rätselhafter Schleier.“

Selene nahm eine kleine Öllampe, stand auf und trat in die Tür. Der Professor erblickte eine Frau mit langem glänzendem Haar. Selene war größer als Amykos und trug ein Gewand aus dunklem Stoff. Sie musterte den Erfinder einige Sekunden lang. Offenbar versuchte sie, von seinem Aussehen auf seinen Charakter zu schließen. Professor Ambrosius lächelte zaghaft.

„Sei willkommen, Fremdling“, sagte Selene. „Unsere Hütte soll dir so lange zur Verfügung stehen, wie du Unterkunft benötigst.“

„Gib ihm zu essen und zu trinken“, sagte Amykos und setzte Megaira ab, die sofort in die Hütte watschelte. „Ich muß zurück zu Phokos. Allein kann er die Netze nicht auswerfen.“

„Setz dich“, forderte Selene den Professor auf, nachdem Amykos gegangen war. Der Erfinder hockte sich schwerfällig auf das Ziegenfell, auf das Selene gedeutet hatte. In einer Ecke regte sich etwas. Ein wuscheliger Lockenkopf tauchte auf, und Professor Ambrosius blickte in die dunklen Augen eines Kindes.

„Mami, wer ist das?“

„Schschsch, schlaf weiter“, sagte Selene und zog die Decke wieder zurecht. Das Kind faßte nach ihrer Hand.

„Mami, ist das der schreckliche Minotaurus, der mich fressen will?“

„Was für ein Unsinn!“ rügte die Mutter mit sanfter Stimme. „Du sollst dir von Phokos nicht immer so schlimme Geschichten erzählen lassen.“

„Aber Phokos behauptet, daß es den Minotaurus wirklich gibt!“ Das Kind setzte sich jetzt auf, seine glänzenden Augen huschten zwischen der Mutter und dem Professor hin und her.

„Er ist eingesperrt in einem Labyrinth. Dort kann er nicht raus. Die Wände sind ganz dicht und die Türen verriegelt. Du brauchst dich also nicht vor ihm zu fürchten.“

„Phokos hat erzählt, daß in diesem Jahr wieder sieben Jungen und sieben Mädchen in das Labyrinth geschickt werden“, plapperte das Kind weiter.

Selene sah ärgerlich aus. „Wenn dir Phokos noch einmal solche Geschichten auftischt, dann kriegt er es mit mir zu tun.“ Zum Professor gewandt, sagte sie: „Phokos hat keine eigenen Kinder. Er hat keine Ahnung, wieviel Mühe es manchmal kostet, sie zum Schlafen zu bringen.“

Professor Ambrosius lächelte schwach.

„Du hast sicher Kinder, vielleicht auch schon Enkelkinder“, meinte Selene. Es war mehr eine Frage als eine Feststellung.

Der Erfinder hob die Schultern. In Selenes Augen trat ein verwunderter Ausdruck.

„Du weißt es nicht? Aber ...“ Sie verstummte und sah ihn anklagend an.

„Tut mir leid. Ich hab’ ein totales Blackout.“ Professor

Ambrosius verbesserte sich. „Völlige Mattscheibe. Mein Gedächtnis ist ein leerer Korb."

„Du hast demnach alles vergessen?"

„Sogar meinen Namen. Dein Mann nennt mich Acheloios, aber so heiße ich nicht wirklich."

„Dann hat dich also eine Strafe der Götter getroffen", stellte Selene fest.

‚Das klingt, als sei ich ein Verbrecher', dachte der Professor bestürzt. Ein schrecklicher Gedanke kam ihm. Vielleicht war er tatsächlich einer. Ein Strafgefangener, den man auf der Insel ausgesetzt hatte. Ein Bankräuber auf der Flucht. Möglicherweise gar ein Mörder …

Der Schweiß brach ihm aus. Unter diesen Umständen war Gedächtnisverlust gar nicht so erstaunlich. Er hatte schon von solchen Fällen gelesen. Die Leute verdrängten ihre Tat und vergaßen sie tatsächlich. Sie betrogen sich auf diese Weise selbst, um ihr bisheriges Leben weiterzuführen …

Es grauste ihn. Welch entsetzliche Gedanken! Er betrachtete seine Hände. Was hatte er damit getan? Hatte er Gutes oder Schlechtes geschaffen?

Es darf niemand davon erfahren, nicht einmal Frau Schneider. Es wurde ihm siedendheiß, als er sich an diesen Satz erinnerte. Zum Kuckuck, was hatte er zu verbergen? Und wer war Frau Schneider?

„Du quälst dich", sagte Selene, und diesmal war ihre Stimme voller Mitleid. „Sorge dich nicht. Ich bin überzeugt, deine Erinnerung wird zurückkehren, wenn der Tag gekommen ist." Sie trat zur Wand und hob die Öllampe höher, um mehr Licht zu haben. Mit flinken Händen brach sie ein Stück Brot und schüttete aus einem Krug Wein in einen Becher. Dann reichte sie beides dem Professor.

„Danke", murmelte dieser. Er merkte nun, wie hungrig er war. Das Brot schmeckte nach Nüssen, außerdem war es ziemlich hart. Selene gab ihm noch eine Schale mit rohen Erbsen.

„Sie sind frisch gepflückt, ich habe sie erst heute nachmittag abgemacht."

Sie schaute zu, wie er aß. Das Kind in der Ecke beobachtete ihn ebenfalls.

„Mami, stimmt es, daß der Minotaurus einen Stierkopf hat?"

„Wie er aussieht, wissen nur sehr wenige Menschen. Vielleicht weiß es auch nur König Minos selbst. – Jetzt schlafe endlich, Myrrha." Doch das kleine Mädchen war hellwach. Es streckte die Hände nach Megaira aus und drückte sie an sich. Die Gans schnatterte zärtlich. Myrrha streichelte den Vogel, ließ Feder um Feder durch die kleinen Finger gleiten und sagte gedankenvoll:

„Der Minotaurus soll Arme und Beine haben wie ein Mensch. Sein Gesicht sieht aus wie das einer Kuh, und auf seinem Kopf wachsen riesige Hörner."

„Das ist doch bloß Gerede", versuchte Selene die Phantasie ihrer kleinen Tochter zu dämpfen.

Doch Myrrha ließ sich nicht beirren. „Eines Tages wird jemand kommen, und das schreckliche Ungeheuer besiegen." Myrrha lispelte vor Aufregung. Ihre dunklen Augen hefteten sich auf den Professor. „Bist du vielleicht deswegen gekommen?"

Professor Ambrosius verschluckte sich an einer Erbse und fing an zu husten.

Selene streckte den linken Arm aus und murmelte ein paar Worte, die sich wie Beschwörungsformeln anhörten.

„Kannst du ... mir lieber ... auf den Rücken klopfen?" brachte der Professor unter lauter Japsen heraus.

Selene tat es. Ihre Hände waren kräftiger, als er es erwartet hatte, aber wenigstens half es.

„Danke." Der Erfinder hatte ein hochrotes Gesicht. Er schob die Brille wieder zurecht, die auf seine Nasenspitze gerutscht war, und warf einen Blick in die Ecke.

Myrrha grinste schadenfroh.

‚Ziemlich frech, die Kleine', dachte Professor Ambrosius.

„Der Minotaurus frißt auch Menschen", verkündete Myrrha mit ihrer hellen Stimme. „In diesem Jahr soll er wieder sehr hungrig sein. Deswegen kommen sieben Jünglinge und sieben Mädchen mit einem Schiff aus Athen ..."

‚Überdrehtes kleines Ding', schoß es dem Professor durch den Kopf. ‚Muß scheußliche Gutenachtgeschichten gehört haben!'

„Seit Wochen spricht Phokos nur noch von dem großen Fest", schaltete sich Selene ein. „Er will unbedingt nach Kreta fahren und dabei sein. Das Fest findet schließlich nur alle neun Jahre statt."

„Alle neun Jahre", wiederholte Professor Ambrosius geistesabwesend. *Kreta* hämmerte es in seinem Kopf. *Kreta, Kreta ...* Das Wort hatte für ihn eine besondere Bedeutung, das wußte er. Doch in welchem Zusammenhang?

„Ich will auch dabei sein", sagte Myrrha eigensinnig. „Ich will sehen, wie die Tänzer über die Stiere springen, ich will die Musik hören, ich will Blumen werfen."

„Wenn du jetzt nicht schläfst, dann darfst du nicht mit nach Kreta", sagte Selene. Die Drohung schien Eindruck auf Myrrha zu machen. Das Mädchen scheuchte Megaira zur Seite, legte sich hin und kniff die Augen zusammen.

„Sicher bist du auch müde", meinte Selena mit einem Blick auf den Professor. „Möchtest du in der Hütte schlafen oder unter freiem Himmel?"

Der Erfinder entschied sich für die zweite Möglichkeit. Selena gab ihm ein Fell und eine Decke. „Die Nacht ist mild, und du kannst die Sterne sehen. Falls Gefahr droht, dann wird Megaira uns mit ihrem Geschnatter wecken."

Als der Professor sich umdrehte, entdeckte Selene die Verletzung an seinem Kopf. „Oh, das sieht aber schlimm aus." Sie tauchte ein Tuch in einen Wasserkrug und reinigte die Wunde. Dann strich sie eine mild duftende Salbe auf die Wundränder und legte mit zwei Tüchern einen lockeren Verband an.

Wenig später bereitete sich Professor Ambrosius draußen

vor der Hütte ein Lager. Der Erdboden war ein wenig abschüssig, und der Erfinder mußte eine Zeitlang suchen, bis er eine Stelle fand, die eben genug war. Dann breitete er das Fell aus und legte sich darauf, wobei er aufpaßte, daß sein Verband nicht verrutschte. Das Fell roch noch immer penetrant nach Ziege, aber es wäre unhöflich gewesen, sich zu beklagen.

‚Wenn ich mich nur erinnern könnte, wer ich bin und was ich hier will!' grübelte der Professor. ‚Es kann nicht alles weg sein! Mein Gedächtnis ist doch nicht aus meinem Kopf herausgefallen!' Doch wieder endeten alle Gedanken in einer Sackgasse. Professor Ambrosius seufzte.

Ringsum zirpten die Grillen – richtig nervtötend, wenn man bewußt hinhörte. Der Professor versuchte, sich auf den Sternenhimmel zu konzentrieren. Doch als er einen hellen Punkt fixiert hatte, wanderte dieser am Himmel weiter. Er suchte sich einen anderen Stern, aber auch dieser entglitt ihm. Als er genauer hinsah, entdeckte er, daß sich alle Sterne über ihm im Kreise drehten. „Gott, ist mir schwindelig!" stöhnte Professor Ambrosius und schloß entsetzt die Augen.

Aber selbst der Boden schwankte sanft auf und nieder. Das Fell fing an, Karussell zu spielen. Der Professor krallte seine Hände links und rechts in ein Grasbüschel, als könne er so der Narretei Einhalt gebieten.

‚Ich bin in der Hölle', dachte er. ‚Was habe ich nur getan, daß ich eine solche Strafe verdient habe?'

Kicherte da nicht einer hämisch? Professor Ambrosius verkrampfte sich. Vielleicht geschah es ihm recht, daß man ihn auslachte. Jemand, der sich nicht daran erinnern konnte, wer er war – gab es eine lächerlichere Figur?

Wieder ertönte das Geräusch, aber jetzt erkannte der Professor seinen Ursprung: Es war nur das Meckern einer Ziege. Er seufzte erleichtert und fiel dann in Schlaf.

Etwas berührte sein Gesicht und kitzelte seine Wange. Professor Ambrosius machte eine Handbewegung, um den

Grashalm zur Seite zu wischen. Ein ärgerliches Schnattern war die Antwort.

Er schreckte hoch.

Vor ihm hockte Megaira, die Gans. Im Morgenlicht erschien sie riesig. Die Augen wirkten kalt und künstlich, und der große Schnabel sah gefährlich aus.

Der Erfinder rutschte vorsichtig nach hinten.

„Ffffein, du Gu-gute“, stammelte er, ohne die Gans aus den Augen zu lassen. „Wiwird auch höhöchste Zeit, daß ich auf-aufwache. Ich kann ja nicht den ganzen Tag pennen.“

Die Gans zischte erbost sein rechtes Knie an.

„Na, benimm dich, Megaira“, tadelte da eine Stimme. „Du solltest ihn wecken, nicht erschrecken.“

Es war Amykos. Jetzt, bei Tageslicht, wirkte er älter. Seine Haut war sonnengebräunt, und auf der Stirn hatten sich tiefe Falten eingegraben.

„Na, Acheloios, gut geschlafen?“ fragte Amykos freundlich.

„Ich hatte fürchterliche Träume“, gestand der Professor. „Allerdings keinen, der mir weitergeholfen hätte, was meine Person angeht.“ Er rappelte sich hoch. Dabei wurde ihm schwarz vor den Augen. Er war froh, daß Amykos ihn am Arm packte und stützte, bis der Moment der Schwäche vorüber war.

„Danke.“

„Geht's wieder?“ fragte Amykos besorgt. „Du hast ganz schön eins über den Schädel gekriegt.“

„Leider weiß ich nicht mehr, wie es passiert ist.“ Professor Ambrosius rieb sich stöhnend den Nacken, der ganz steif war. Die Schmerzen hatten sich von der Kopfwunde bis zu den Schultern ausgebreitet. „Habt ihr heute nacht etwas gefangen?“

„Es war sogar ein außergewöhnlich guter Fang“, antwortete Amykos. „Du scheinst uns Glück zu bringen.“

Der Professor wurde rot vor Verlegenheit.

„Vielleicht bist du doch ein verkleideter Gott, wer weiß?“ Amykos zwinkerte belustigt.

Professor Ambrosius streckte abwehrend die Hände aus. „Ich hab' zwar keine Ahnung, wer ich bin, aber bestimmt kein Gott!“

„Schon gut.“ Amykos lachte und klopfte dem Professor kameradschaftlich auf die Schultern, worauf dieser vor Schmerzen zusammenzuckte. „Komm mit, es gibt Frühstück. Selene ist heute mit dem Ausnehmen und Trocknen der Fische beschäftigt. Möglicherweise hast du Lust, ihr beim Entschuppen zu helfen. Aber eigentlich habe ich eine bessere Idee.“ Er machte ein geheimnisvolles Gesicht und dämpfte seine Stimme. „Es bringt mehr ein als diese ewige Fischerei, weißt du.“

Der Erfinder war gespannt, was Amykos ihm vorschlagen wollte. Etwas Verbotenes, vielleicht Schmuggelei? Oder wollte er mit ihm auf Schatzsuche gehen?

„Was willst du tun?“ fragte er deswegen neugierig.

„Schnecken sammeln“, antwortete Amykos.

„Schnecken?“ Professor Ambrosius zog erstaunt die Augenbrauen hoch. „Zum Essen?“ Er erinnerte sich daran, daß Schnecken für manche Menschen als Delikatesse galten.

Doch Amykos verneinte. „Purpur, verstehst du?“

Der Erfinder zuckte die Achseln. Er hatte keine Ahnung.

„Muß ich euretwegen die Fischsuppe aufwärmen?“ ertönte in diesem Augenblick Selenes ärgerliche Stimme aus der Hütte.

„Wir kommen“, rief Amykos zurück. Leise fügte er hinzu: „Sie ist schlechtgelaunt, weil sie wegen den Fischen soviel Arbeit hat. Aber wenn ich nichts fange, dann paßt es ihr auch nicht.“

Sie betraten die Hütte. Selene schöpfte Suppe in zwei Schalen und reichte sie den Männern.

In der Schale dampfte eine milchige Flüssigkeit, in der Fischstücke herumschwammen. Fisch zum Frühstück kam dem Professor zwar reichlich ungewohnt vor, aber die Suppe war mit verschiedenen Kräutern gewürzt und schmeckte sehr gut. Er lobte Selene für ihre Kochkünste.

Sie errötete. „Danke. Amykos sagt nie, ob ihm etwas schmeckt oder nicht.“ Sie warf einen Seitenblick auf ihren Gatten. „Ich habe schon daran gedacht, ihm Schlangenköpfe zu servieren. Ich bin überzeugt, er würde es nicht einmal merken.“

Amykos winkte ab. „Selene kann nun mal ihre Herkunft nicht verleugnen. Sie ist die Tochter eines Hirten, dem man Zauberkräfte nachsagte. Wäre es nach dem Willen ihres Vaters gegangen, wäre Selene Priesterin auf Kreta geworden.“

Selene seufzte. „Aber leider habe ich mich in dich verlieben müssen. Deswegen sitze ich jetzt hier und verbringe meine Tage in Fischgeruch.“

„Selene kennt sich nicht nur mit Pflanzen aus, sie spricht auch mit den Tieren“, vertraute Amykos dem Professor an.

„Sogar die Ameisen laufen ihr nach, wenn sie es ihnen befiehlt."

„Eigenartig", murmelte der Erfinder zwischen zwei Schlucken. Die Suppe war sehr heiß.

In diesem Augenblick brach vor der Fischerhütte ein gewaltiger Lärm los. Megaira schnatterte wie verrückt, dazwischen ertönte Hundegebell.

Professor Ambrosius ließ die Schale fallen. Sie zerbrach, und der Suppenrest spritzte um seine Füße. Er bemerkte es nicht einmal. „Zur Hölle, was ist das?"

Ein schwarzer Hund sauste durch die Türöffnung, obwohl die Gans alles tat, um ihn daran zu hindern. Zischend fuhr sie auf ihn los. Doch der Hund achtete nicht auf das Tier, sondern sprang an dem Professor hoch.

„He, Moorteufel, wo kommst du denn her?" Der Erfinder zauste dem Hund das Fell. Dann erst wurde ihm bewußt, was er gesagt hatte. „*Moorteufel* ... Wie komme ich plötzlich auf diesen Namen?"

Moorteufel wedelte mit dem Schwanz und schaute erwartungsvoll zu Professor Ambrosius empor.

„Der Hund kennt dich", stellte Selene fest.

„Und ich kenne ihn", ergänzte der Professor. „Ich weiß sogar, daß er Moorteufel heißt. Aber alles andere", er griff sich an die Stirn, „ist nach wie vor verschwunden."

„Zwinge dich nicht", sagte Selene. „Es wird alles wieder in Ordnung kommen. Wenn nicht in einem Monat, dann in zweien oder in einem Jahr."

„In einem Jahr", wiederholte Professor Ambrosius nachdenklich. „Ich hab' das dumme Gefühl, daß es dann zu spät ist ..."

Megaira flog zur Tür herein, direkt auf Moorteufel zu.

Sekundenlang waren die beiden Tiere nur ein Wirbel aus Federn und Fell, aus dem es kläffte und zischte.

„Moorteufel!"

„Megaira!"

Doch es hörte weder die Gans noch der Hund. Amykos

und Professor Ambrosius mußten eingreifen und die Tiere gewaltsam trennen. Der Fischer preßte Megaira an sich, Professor Ambrosius faßte Moorteufel am Halsband. Ein paar Flaumfedern segelten durch die Luft.

„Die beiden scheinen sich nicht besonders zu mögen", sagte Amykos. Megaira zischte.

„Laß ihnen Zeit, sich aneinander zu gewöhnen", meinte Selene lachend und nahm die Gans in ihre Arme.

Professor Ambrosius dagegen verließ mit Moorteufel die Hütte und setzte sich draußen auf einen Holzklotz.

„Du hast mich also irgendwie gefunden, du alter Gauner. Ach, könntest du mir nur erzählen, was passiert ist. Sicher weißt du mehr als ich."

Moorteufel blickte ihn aufmerksam an, und es kam dem Professor vor, als verstünde der Hund jedes Wort. Er kraulte dem Tier das Fell und spürte dabei ein paar Unebenheiten.

„Du bist verletzt worden." Er beugte sich hinab, um die Stellen zu untersuchen. „War es Megaira? Nein, die Beule scheint älter zu sein. Vermutlich hast du sie dir zur gleichen Zeit zugezogen wie ich mir meine Kopfverletzung. – Also war es doch ein Überfall." Er starrte nachdenklich in die Ferne. Auf dem Meer schwebte noch der Morgendunst; zarte Schleier, die sich im Laufe des Tages lichten würden. „Wenn du doch reden könntest, Moorteufel! Ich spüre genau, wir waren mehr als nur zwei. Wer war dabei, und was tun wir hier?" Moorteufel winselte leise und drückte seinen Kopf gegen das Knie des Professors. Das Tier fühlte instinktiv, wie unglücklich er in diesem Augenblick war.

„Ein Stück weiter oben gibt es eine Quelle", sagte Amykos plötzlich, der hinter den Professor getreten war. „Dort kannst du dich waschen und erfrischen, wenn du Lust hast."

Professor Ambrosius fand ohne Schwierigkeiten die bezeichnete Stelle. Klar und hell sprudelte das Wasser aus einem Felsen. Es war eiskalt. Der Erfinder hielt zuerst seine Hände hinein und kühlte dann solange sein Gesicht, bis die

Haut fast erstarrte. Es war ein prickelndes Gefühl, als die Sonne seine Wangen wärmte. Er fühlte sich wie neugeboren. Seine Zuversicht kehrte zurück.

„Wir werden es schaffen, nicht wahr, Moorteufel? Du wirst mir helfen, mich an alles zu erinnern, ja?“

Der schwarze Hund saß neben der Quelle und wedelte mit dem Schwanz.

Von weiter unten pfiff Amykos. Professor Ambrosius trat nach vorne und blickte hinunter. Der Fischer hatte inzwischen einige Körbe geschultert.

„Ich komm' zu dir rauf“, kündigte er an. „Warte auf mich.“ Wenig später stand er neben dem Professor. „Die Purpurschnecken gibt es nur an bestimmten Plätzen. Ich kenne da ein paar Grotten ... Hoffentlich fühlst du dich kräftig genug. Wir werden voraussichtlich bis heute abend unterwegs sein.“

Die Aussicht, den ganzen Tag ausschließlich mit Schnekkenjagd zu verbringen, begeisterte den Professor nicht gerade. Doch klaglos folgte er Amykos, der einen felsigen Pfad emporkletterte. „Es ist eine Abkürzung“, versicherte Amykos, als er hörte, wie sein Begleiter stöhnte. „Wir müßten sonst um die ganze Insel herumrudern.“

Endlich hatten sie die Bergkuppe erreicht, und es ging wieder abwärts. Es war steiler, als es dem Professor lieb war. Seine Füße machten sich selbständig und rannten einfach los. In seiner Panik suchte er nach einem Halt – und griff in ein Dorngestrüpp.

„Verflixt und zugenäht!“

„Hier unten wird's besser“, tröstete Amykos ihn. Er hatte das schwierigste Stück schon geschafft.

Der Erfinder betrachtete seine blutenden Hände. An manchen Stellen steckten noch die Dornen in der Haut. Sie waren widerwärtig groß. Es brannte und schmerzte. Der Professor schnitt eine Grimasse. Amykos zog ihm behutsam alle Stacheln heraus, riß ein paar Blätter vom Wegrand, zerkaute sie und rieb den Brei auf die Hände des Erfinders. Fast augenblicklich stockte die Blutung, und auch das Brennen und Stechen hörte auf.

„Den Trick hab' ich von Selene gelernt", sagte Amykos stolz. „Sie ist eine phantastische Frau – wenn man von ihren Macken absieht. Neulich hatte ich verdorbenen Fisch gegessen und war schon mehr tot als lebendig. Aber Selene hat mich wieder hingekriegt." Er zwinkerte. „Ich hab' den Eindruck, sie kann mehr, als sie zugeben will. Manchmal geht es nicht ganz mit rechten Dingen zu. Verstehst du, was ich meine? Ein bißchen Hexerei könnte da schon im Spiel sein ... Ich frag' absichtlich nicht nach. Wozu auch? Zuviel Wissen macht unglücklich."

„Sie kann mir nicht zufällig helfen, mein Gedächtnis wiederzufinden?" fragte Professor Ambrosius vorsichtig.

Amykos antwortete nach kurzer Überlegung: „Ich glaube, wenn es in ihrer Macht läge, dann hätte sie es getan. Übrigens hat es keinen Sinn, sie zu etwas zu zwingen. Wenn sie nicht will, dann will sie nicht."

Sie gingen weiter, folgten einem schmalen, gewundenen Pfad. Sträucher blühten an den Wegrändern, eine Art Ginster. Einmal floh eine Schlange vor ihren Füßen. Unermüdlich zirpten die Grillen, und das Geräusch rief nach einer Weile ein Gefühl der Zeitlosigkeit hervor. Man hatte den Eindruck eines langen, warmen Sommers, der nie zu Ende gehen würde.

Der Professor blieb stehen und beschirmte seine Augen. Unter ihm lag das Meer, eine weite, dunkelblaue Fläche, still und friedlich. In der Ferne fuhr ein Boot vorüber.

„Die Grotten sind weiter rechts", verkündete Amykos. „Komm mit." Obwohl er die vielen Körbe trug, sprang er leichtfüßig davon. Der Erfinder hatte Mühe, das Tempo mitzuhalten.

Sie kamen zu einer Bucht. Steine ragten aus dem Wasser empor. Das Meer war klar bis auf den Grund. Professor Ambrosius entdeckte verschiedene Muscheln. Kleine Fische flohen vor seinem Schatten, als er sich über das Wasser beugte.

„Jetzt müssen wir ein Stück waten." Amykos streifte seine Sandalen ab und warf sie in einen seiner Körbe. Der Professor tat es ihm nach. Gemeinsam wateten sie ungefähr fünfzig Meter durch das seichte Wasser, bis sie zu einer Stelle kamen, an der das Ufer steil anstieg. Ein Seevogel verteidigte krächzend sein Revier und fuhr auf Amykos los. Dieser schleuderte einen seiner Körbe nach ihm.

„Hau ab, du Biest! Verkrümele dich!"

Erst als Moorteufel ankam, suchte der Vogel das Weite. Dem Professor fiel auf, wie zerzaust seine Flügel waren.

„Es ist jedesmal dasselbe", klagte Amykos. „Das Biest hat etwas gegen mich. Dabei nehme ich ihm ja gar nichts weg. Ich will bloß vorbei. Er bildete sich wohl ein, er sei der Wächter der Grotten." Ohne Amykos hätte der Professor die Öffnungen im Fels nie entdeckt. Jemand, der die Stellen nicht kannte, wäre einfach vorübergegangen. Amykos zwängte sich zwischen zwei Felsen hindurch. Sie erreichten eine noch kleinere Bucht. An dieser Stelle staute sich das Wasser und roch brackig. Die langen Schatten der Felsen gaben dem Ort etwas Gespenstisches.

„Hier entlang", befahl Amykos und balancierte auf einer schmalen Uferbank entlang, die mit zerbrochenen Muschelschalen übersät war. Plötzlich bückte sich der Mann und fischte etwas aus dem Wasser.

„Hier ist schon die erste. Du bringst mir tatsächlich Glück, Acheloios! An dieser Stelle habe ich noch nie etwas gefunden." Er öffnete die Hand. Professor Ambrosius erblickte ein Schneckenhaus. Es war nur wenige Zentimeter groß, aber bizarr geformt: lange Stacheln schmückten die Windungen. Während Amykos die Schnecke hielt, zog sich das braunweiße Tier in sein Gehäuse zurück und verschwand fast völlig. Kleine Schleimblasen erschienen an der Öffnung.

Amykos lachte und warf die Schnecke in seinen Korb.

„Los, steh' nicht so faul herum. Wir müssen die Körbe voll bekommen. Die Schnecken halten sich am liebsten in

Ufernähe auf. Du brauchst also nur wenige Schritte ins Wasser zu waten. – Hast du noch niemals Purpurschnecken gefangen?"

„Nicht daß ich wüßte", gab der Professor zurück. Er fragte befremdet: „*Purpurschnecken*? Warum Purpur? Die Viecher sind doch nicht rot!"

„Es ist der Schleim", verriet Amykos mit geheimnisvoller Stimme. „Zwar scheint er jetzt weiß, in Wahrheit aber kann er die Gewänder purpurrot färben. Es gibt keine schönere Farbe als Purpur. Man zahlt einen hohen Preis dafür."

Es war dem Professor noch immer ein Rätsel, wie man aus den Schnecken eine rote Farbe gewinnen konnte. Er befolgte jedoch Amykos' Anweisungen und hielt im flachen Wasser nach den Stachelschnecken Ausschau.

Es war eine mühselige Arbeit. Zuerst traute er sich nicht recht, die Schnecken anzufassen. Manchmal verwechselte er die Tiere auch mit Steinen, oder er fand leere Gehäuse. Seine Finger weichten auf, wurden breit und unansehnlich. Sein Rücken schmerzte. Als die Mittagssonne hoch am Himmel stand, war erst ein halber Korb voll. „Pause", befahl Amykos. Sie suchten sich einen bequemen Platz. Professor Ambrosius lehnte sich erschöpft gegen einen Felsen. Amykos packte die Vorräte aus, aber der Erfinder verspürte nicht den geringsten Hunger. Er war müde und erschöpft und wollte ruhen. Aber sobald er die Augen schloß, sah er vor sich Schnecken, Schnecken und nochmals Schnecken. Sie wurden immer größer, die Stacheln spitzer, und der weiße Schleim verfärbte sich zu einer tomatenroten Spur.

„Blut", ächzte der Professor.

„Ist dir nicht gut?" fragte Amykos und stieß ihn an. Professor Ambrosius schreckte hoch. Er hatte gedöst.

„Wie? Was?"

„Du solltest doch etwas essen", murmelte Amykos und reichte ihm ein Stoffbündel.

„Essen?" wiederholte der Professor geistesabwesend. „Wohl Schneckenbrot, Schneckenaufstrich oder Schnecken-

suppe? Schneckensalat, Schneckenbrötchen, Schneckenbutter …"

„Mann, krieg' dich wieder ein." Amykos grinste. „Brot und Trauben, dazu ein Schluck Wein."

Das Bündel ruhte unberührt zwischen Professor Ambrosius' Knien. Er nickte wieder ein. Erneut sah er einen Berg Schnecken vor sich. Dann teilte sich der Berg, und ein kräftiger Mann bahnte sich den Weg durch all die Schneckenhäuser. Der Professor zuckte zusammen. Das Gesicht des Fremden war plump und zottig, die Nase breit und flach. Dort, wo der Mund hätte sein sollen, befand sich ein riesiges Maul. Auf dem Kopf aber saßen zwei kräftige Stierhörner. Ein wütendes Schnauben ertönte.

„Der Minotaurus!" schrie jemand voller Entsetzen.

Im Traum hatte der Professor das Gefühl, die Szene schon irgendwie zu kennen …

Im Palast des Königs

„Noch nie bin ich so gut behandelt worden", erklärte ein Mädchen mit glänzenden Augen. Es betrachtete sich in einem Bronzespiegel. „Und noch nie war ich so schön. – Ach, ich fühle mich wunderbar." Eine Priesterin ordnete die schwarzen Locken und zupfte die Falten des weißen Kleids zurecht. „Was dir geschieht, ist auch eine große Ehre", säuselte sie. Ihre Stimme klang sanft und einschmeichelnd.

„Wer begegnet schon einem Gott? Wer darf in das geheimnisvolle Labyrinth eindringen? Nur wenige Auserwählte kennen diesen Ort. Gewöhnlichen Menschen ist es streng verboten, das Labyrinth zu betreten."

„Aber wir werden sterben", erklärte Michael und heftete seinen Blick fest auf die Priesterin. „Unser Schicksal ist der Tod. Wir werden das Labyrinth niemals lebend verlassen."

Ein leichtes Zucken der Hände verriet ihre Unsicherheit. Doch sie hatte sich gleich wieder unter Kontrolle. Ruhig und beherrscht sagte sie: „Ihr seid die Retter dieses Reiches. Kreta wird bewahrt werden. Kein Erdbeben wird die Palastmauern erschüttern und die Bewohner verschlingen."

„Und wer garantiert das?" fragte Michael schnippisch. „Es gibt keine große Schlange, die unter der Erde ruht, das ist nur 'ne blöde Vorstellung. Die Erde ist eine Kugel, der Erdkern ist flüssig und furchtbar heiß, und im Erdinnern entstehen Spannungen und Verschiebungen. Niemand weiß, wann es ein Erdbeben geben wird, und keiner kann etwas dagegen tun. Das Opfer ist also total sinnlos."

Während er sprach, war es immer stiller im Raum geworden. Alle Augen hefteten sich auf Michael. Auch die Priesterinnen starrten ihn durch ihre Masken hindurch an.

‚Lieber Himmel', dachte Heike. Sie nagte nervös an ihrer Unterlippe. Klar, Michael versuchte alles, um sie zu retten. Trotzdem hatte sie das Gefühl, daß er einen großen Fehler gemacht hatte. Ihr wurde richtig schlecht vor Angst.

„Du glaubst also nicht an die große Schlange?" fragte die Priesterin, die das Mädchen gekämmt hatte. In ihrer Stimme schwang ein gefährlicher Unterton. „Bist du ein Ketzer? Ein Abtrünniger? Einer, der andere Leute aufwiegeln will?"

„Ihr könnt mich nicht zwingen, Dinge zu glauben, die nicht stimmen", entgegnete Michael fest. Heike sah, wie sich kleine Schweißperlen auf der Stirn ihres Bruders sammelten. Er nahm all seinen Mut zusammen. „Ich bin nicht bereit, einen unsinnigen Tod zu sterben. Meine Schwester", seine Augen suchten Heike und Thomas, „und mein Freund auch nicht!"

Jetzt herrschte Totenstille. Die Spannung war beinahe unerträglich.

Die Priesterin atmete hörbar ein. „Das muß der König erfahren", sagte sie dann. Ihre Worte waren so kalt und schneidend, daß Heikes Magen rebellierte. Sie würgte und drehte sich zur Seite. Nur mit Mühe gelang es ihr, den Brechreiz zu unterdrücken.

Die Priesterin verließ den Raum. Die Tür fiel laut krachend hinter ihr zu.

Jetzt brach Gemurmel und Empörung los. Michael wurde von allen Seiten angegriffen.

„Du bist verrückt!“

„Wie kannst du so etwas sagen!“

„Glaubst du wirklich nicht an die Schlange?“

„Ich habe sie schon im Traum gesehen“, behauptete ein Mädchen und beschrieb mit weit ausladenden Handbewegungen die Vision: „Sie ist so groß, daß ihr Kopf am Weltanfang beginnt und ihr Schwanz bis zum Weltende reicht. Ihre Schuppen schillern grün und violett. Jedesmal, wenn sie sich bewegt, erzittert die Erde, und Abgründe tun sich auf. Sobald sie züngelt, spucken Berge Feuer. Normalerweise schläft sie, aber wehe, wenn sie erwacht!“ Das Mädchen stockte. „Ich werde ins Labyrinth gehen, damit ihr Schlaf nicht gestört wird.“

Ein paar andere Mädchen und Jungen stimmten zu. Theseus, der älteste unter den Opfern, sagte kein Wort. Seine Miene war undurchdringlich.

Weder Heike, Michael noch Thomas wurden aus Theseus schlau. Er redete wenig, hielt sich meistens etwas abseits von den anderen und starrte gedankenverloren vor sich hin. War es Arroganz und Eitelkeit? Schließlich war Theseus ein Königssohn. Oder hatte er ein schlechtes Gewissen, weil er unterwegs Fremde hatte aufgreifen lassen, um drei Athener zu retten? Oder bereute er es inzwischen, daß er sich als Freiwilliger zur Verfügung gestellt hatte? Jeder Versuch der Zeitreisenden, mit Theseus in ein Gespräch zu kommen, war bisher gescheitert. Er kapselte sich einfach ab oder antwortete mit kalten, spöttischen Bemerkungen.

„Der Typ ist cooler als cool“, lautete Michaels Urteil.

„Wenn ich ihn ansehe, kriege ich eine Gänsehaut“, bekannte Heike. „Und bestimmt nicht aus Sympathie.“

„Ich mag ihn auch nicht“, sagte Thomas. „Manchmal hab’ ich den Eindruck, er brütet einen Fluchtplan aus. Aber warum rückt er dann nicht damit heraus? Will er nur seine eigene Haut retten?“

Theseus blieb ihnen ein Rätsel. Es war auffällig, daß er die Begeisterung der anderen, für das Labyrinth auserwählt zu sein, nicht teilte. Er ließ sich nicht anstecken von der fieberhaften Erwartung, er fiel nicht auf die Sprüche der Priesterinnen herein. Die Speisen und Getränke genoß er genau wie die Zeitreisenden mit Vorsicht – vermutlich aus dem gleichen Grund: aus Angst vor Drogen, die möglicherweise darin enthalten waren.

Nachdem die erste Priesterin gegangen war, verließen auch die anderen den Raum. Michael wurde noch immer mit feindseligen Blicken angestarrt. Er, Heike und Thomas zogen sich in eine Ecke zurück. Theseus schloß sich keiner der beiden Gruppen an. Er tat so, als ginge ihn all das überhaupt nichts an.

Michael wischte sich den Schweiß von der Stirn. „Ich werde noch verrückt“, bekannte er flüsternd. „Warum holt uns Onkel Ambrosius nicht hier raus? Er müßte uns doch längst vermissen.“

Auch Heike und Thomas hatten sich über diesen Punkt schon den Kopf zerbrochen.

„Vielleicht kann er nicht kommen“, murmelte Heike.

Michael starrte sie wortlos an.

Heike biß sich auf die Lippen. „Er muß ja nicht gleich tot sein. Möglicherweise ist er auch nur verletzt. Oder man hat ihn gefangengenommen, und er kann nicht an die Zeitmaschine ran.“ Thomas nickte. Genau die gleichen Gedanken waren ihm auch schon gekommen.

Michael schlug die Fäuste gegeneinander. „Warum wissen wir es nicht, verdammt noch mal? Warum haben wir kein Funksprechgerät, um uns mit Onkel Ambrosius in Verbindung zu setzen? Warum müssen wir nur immer Vermutungen anstellen?“ Er ließ den Kopf sinken. Seine Stimmung war auf dem Tiefpunkt. Er war so niedergeschlagen wie selten. Alles erschien ihm düster und aussichtslos.

Heike legte ihre Hand auf seine Schulter. Sie konnte Michael nicht trösten. Ihr war selbst elend zumute. Mit jeder Stunde rückte die Katastrophe näher. Sie schaute hilflos zu Thomas. Er wollte ihrem Blick zuerst ausweichen. Doch dann sah er sie an, und sie las die Verzweiflung in seinen Augen.

„Jetzt kann uns nur noch ein Wunder retten."

Wenig später wurde die Tür wieder geöffnet, und die Priesterinnen kehrten zurück. Sie verteilten Speisen und Getränke. Dann schlug eine der Frauen auf einen kleinen, bronzenen Gong, um sich Gehör zu verschaffen.

„König Minos wünscht euch zu sehen", verkündete sie mit heller Stimme. „Nach der Mahlzeit werden wir euch in den Palastgarten führen. – Ich hoffe, euch ist klar, was das bedeutet. Verhaltet euch angemessen. Vergeßt keinen Augenblick, wer ihr seid, vor wem ihr steht und was eure Aufgabe ist." Die Priesterin drehte den Kopf, und die Stiermaske wandte sich den Zeitreisenden zu. Grüne Augen funkelten in der Öffnung. „Für euch gelten meine Worte besonders."

„Wir haben es schon kapiert", entgegnete Michael schnippisch. „Wir sind nämlich nicht ganz doof."

Eine Schüssel fiel zu Boden und zerbrach. Ein Mädchen, das zierlichste von allen, entschuldigte sich hastig. „Es war keine Absicht. Die Schüssel ist mir einfach aus der Hand gefallen. Oh, wie ungeschickt ich bin! Schade um die Schüssel, es war ein so schönes Gefäß."

Zwei Priesterinnen beseitigten schnell und stumm die Spuren, während die Jungen und Mädchen aßen. Heike blickte öfter zu dem zierlichen Mädchen hinüber. Einmal wurde ihr Blick erwidert. Sie sah Bewunderung in den Augen des Mädchens. Eine mögliche Verbündete? Heike blinzelte ihr zu. Ein schnelles, verstohlenes Zwinkern war die Antwort.

Heike schöpfte aus dieser kurzen Begebenheit wieder Mut. Vielleicht war doch nicht alles verloren. Der Minotaurus – Gott oder Ungetüm, Heike war sich nie sicher – konnte möglicherweise gemeinsam überwältigt werden. Insgesamt waren sie vierzehn, stark genug, um einen Elefanten in Schach zu halten. Oder nicht? Was für ein Geschöpf war dieser Minotaurus, von dem man nur immer Gerüchte hörte?

Heike blieb keine Zeit, weiter darüber nachzudenken, denn jetzt drängten die Priesterinnen zum Aufbruch.

„Der vielbeschäftigte König darf nicht warten." Sie legten den Jungen und Mädchen die weißen Umhänge um. Dabei folgten die letzten Ermahnungen.

„Sprecht nur, wenn er das Wort an euch richtet. Haltet die Augen gesenkt und schaut dem König nicht ins Gesicht, das ist unhöflich. Denkt daran, daß ihr vor einem Gott steht. König Minos stammt von Zeus ab, dem höchsten aller Götter."

Heike schwirrte der Kopf. Sie verließen den Raum durch eine Tür, die bisher noch nie aufgeschlossen worden war. Ein langer Gang wurde sichtbar. Er war so niedrig, daß man sich bücken mußte. Eine Priesterin schritt mit einer Fackel voran. Es roch dumpf und modrig.

‚Wie in einem Grab', dachte Heike.

Der Gang machte einige Windungen. Dann mußte die Priesterin eine weitere Tür aufschließen. Mit einem Mal flutete helles Sonnenlicht in den Gang, und die Mädchen und Jungen bedeckten geblendet ihre Augen.

Vor ihnen lag ein wunderbarer Garten. Aus einem steinernen Delphin sprudelte Wasser in ein Becken, in dem Seerosen blühten. Palmen, blühende Sträucher, Blumen – Heike fühlte sich regelrecht erdrückt von all der Pflanzenpracht. Auf einer steinernen Bank saß eine junge Frau und strickte. Schwarze Locken fielen über ihre Schultern, und als sie aufschaute, erblickte man ihr feingeschnittenes Gesicht. Sie hatte dunkle Augen, eine kleine Nase und einen vollen

Mund, dem man ansah, daß er gerne lachte. Ihr rotes Kleid war mit Goldfäden bestickt, das Muster zeigte Muscheln und Seesterne.

Die Priesterin trat zu ihr und neigte ehrfurchtsvoll den Kopf. „Ich grüße Euch, Ariadne. Entschuldigt, wenn ich Euch störe, aber Euer Vater wollte die Gefangenen aus Athen sehen."

Ariadne legte ihr Strickzeug beiseite und stand auf. „Er wird sicher gleich kommen."

Das rote Wollknäuel fiel von der Steinbank und rollte auf den Boden. Sogleich fuhr eine kleine getigerte Katze auf das Knäuel los und hieb spielerisch mit den Pfoten danach. Ariadne stieß einen spitzen Schrei aus.

„Oh, wirst du wohl! Mein Strickzeug! Nefer, du Schlimme!" Sie hob das Kätzchen auf und nahm es in ihre Arme. Das Tierchen schnurrte, wand sich und knabberte zärtlich an Ariadnes Fingern.

„Ist sie nicht süß?" fragte Ariadne stolz. „Die Katze stammt aus Ägypten. Ich habe sie zum Geburtstag bekommen. Leider stellt sie soviel Unfug an!"

Sie streifte mit der freien Hand ihr langes Haar zurück und betrachtete die Ankömmlinge genauer. „Das sind also die Leute aus Athen. Ich habe gehört, das sie inzwischen angekommen sind." Ihre Augen blieben an Theseus hängen. Theseus gab den Blick zurück. Ariadne errötete, und sie bückte sich schnell, um das Kätzchen abzusetzen. Nefer miaute, machte einen Buckel und stolzierte dann majestätisch um das Wasserbecken herum. Neben dem Becken stand ein goldener Käfig mit zwei Vögeln. Nefer blieb davor stehen und betrachtete die Tiere voller Neugier.

Ariadne beschirmte ihre Augen. „Mein Vater kommt", sagte sie dann. Heike wandte den Kopf.

Der riesige Palast bestand aus vielen Einzelgebäuden, die aneinander grenzten oder durch schmale Säulengänge voneinander getrennt waren. Manche Teile waren eingeschossig, manche besaßen mehrere Stockwerke. Prunkvolle Verzie-

rungen, bunte Mosaiken – alles wies auf große Macht und Reichtum hin.

Ein dicker Mann, begleitet von mehreren Dienern, schritt durch den Garten. Er hatte ein rotes Gesicht und schnaufte beim Näherkommen. Schon geringe körperliche Betätigung schien ihn gewaltig anzustrengen. Ein Sklave fächelte ihm mit Palmzweigen Luft zu. Ein anderer Diener tupfte dem König behutsam mit einem feinen Leinentuch den Schweiß von der Stirn.

„Mann, ist der fett“, murmelte Michael fassungslos. „Da bin ich ja direkt rank und schlank.“

Heike warf ihrem Bruder einen warnenden Blick zu. Doch zum Glück hatte niemand außer ihr die Bemerkung gehört.

Minos blieb wenige Meter vor den Gefangenen stehen. Er nickte einem Diener zu. Dieser entfaltete hurtig einen Klappstuhl. Minos ließ sich ächzend darauf nieder und betrachtete die Jungen und Mädchen.

Heike fühlte sich unbehaglich. Sie hielt zwar die Augen gesenkt, wie man es ihnen aufgetragen hatte, aber sie beobachtete den König durch die Wimpern hindurch.

Seine Augen verschwanden beinahe zwischen den Fettwülsten. Das schwarze Haar war an den Schläfen ergraut und sah schon recht dünn aus. Die buschigen Augenbrauen wirkten bedrohlich. Nase und Kinn waren gewaltig.

„Wer von euch ist Theseus?“ fragte der König.

„Ich.“ Theseus trat einen Schritt vor.

Ariadne stellte sich hinter ihren Vater. Sie war sehr ernst. Als Theseus sie ansah, errötete sie wieder.

„Wie geht es in Athen?“ wollte Minos wissen.

„Wie es einem unterdrückten Volk eben geht“, antwortete Theseus. „Die Strafe, die Ihr uns auferlegt habt, ist hart. Aber wir erfüllen alle Eure Forderungen.“

„Ist dein Vater wohlauf?“

„Er erfreut sich bester Gesundheit.“

„Hm.“ Minos brummte und beugte sich vor. „Und warum

schickt Aigeus seinen eigenen Sohn als Opfer für den Minotaurus? Kannst du mir das verraten?"

Theseus straffte sich. „Aigeus gibt Euch das, was er am liebsten hat. Er hofft, daß Ihr jetzt endlich aufhört, immer neuen Tribut von uns zu verlangen." Seine Stimme klang hart und herausfordernd. Ariadne biß sich auf die Lippen.

„So, das hofft er also", wiederholte Minos ein wenig spöttisch. „Wir werden sehen." Er schwieg und ließ seine Augen erneut über die vierzehn Opfer gleiten.

„Ihr seid also alle frohen Herzens nach Kreta gekommen."

Keiner antwortete. Heike starrte zu Boden. Sie fühlte sich unangenehm berührt. Was war das für ein Herrscher, der sich am Unglück armer Menschen weidete?

Minos lächelte süßsauer. „Hoffentlich ist euch bewußt, welch große Ehre euch zukommt. Nur wenigen Leuten ist es vergönnt, das Labyrinth zu betreten. Ihr gehört dazu."

„Wir könnten gerne darauf verzichten", ertönte da eine Stimme. Heike zuckte zusammen. Es war Michael, der gesprochen hatte. Ariadne erbleichte, und selbst König Minos geriet aus der Fassung. Er hatte keinen Widerspruch erwartet. Er kniff die Augen zusammen und fixierte Michael.

„So, du hast also etwas dagegen. Möchtest du es mir näher erklären? Tritt vor, und sag, was du zu sagen hast."

Michael machte zögernd zwei Schritte. Er holte tief Luft.

„Das ganze Gerede von der Schlange unter der Erde ist kompletter Blödsinn. Niemand kann etwas gegen Erdbeben ausrichten. Deswegen ist es auch völlig sinnlos, Menschen zu opfern, nur damit die Erde ruhig bleibt."

König Minos' Mund verzog sich zu einem breiten Grinsen. „Aber der Minotaurus ist sehr, sehr hungrig, mein lieber. Er ist bestimmt nicht begeistert, wenn wir ihm das Opfer verweigern. Ein Versprechen ist ein Versprechen, und alle neun Jahre bekommt er sieben attische Mädchen und sieben attische Jungen. So ist es abgemacht."

Michael schluckte. Vor seinen Augen tanzten helle Punkte, so aufgeregt war er. „Aber wir gehörten nicht dazu.

Wir stammen nicht aus Athen. Der da", er deutete auf Theseus, „hat uns einfach gekidnappt und auf sein Schiff gebracht."

„Er lügt", entgegnete Theseus blitzschnell. „Sein Vater ist ein armer Fischer. Er hat seinen Sohn an den attischen Königshof verkauft."

„Wenn einer von uns lügt, dann bist du es", erklärte Michael wütend.

Theseus lächelte nur. Michael ballte die Fäuste und war schon drauf und dran, auf Theseus loszugehen. Doch König Minos hob die Hand und gebot Einhalt.

„Ich habe deinen Einwand gehört, Jüngling mit dem gelben Haar. Niemand soll behaupten, daß König Minos kein Herz hat. Du wirst bevorzugt behandelt."

Michael atmete tief. „Ja?" fragte er hoffnungsvoll.

„Ja", bekräftigte König Minos. „Du wirst nämlich als erster das Labyrinth betreten."

„Schnecken, Schnecken und nochmals Schnecken", stöhnte Professor Ambrosius und zerschlug mit einem großen Stein das Gehäuse, das er gerade in der Hand hielt. „Ich kann diese Biester nicht mehr sehen. Bei aller Liebe – kann ich mich nicht anders nützlich machen? Staubwischen, ein Beet umstechen, meinetwegen auch die Ziegen melken?"

Selene lächelte. „Niemand von uns zwingt dich zu arbeiten. Du bist es selbst, der Beschäftigung sucht. Deine Hände sind unermüdlich in Bewegung, nur damit dein Geist keine Zeit hat, nachzudenken."

„Du triffst den Nagel auf den Kopf", gab der Professor zu. „Wenn ich nichts tue, drehen sich meine Gedanken sofort im Kreis. Wer bin ich? Ab und zu kommen Erinnerungen, aber ich kann sie nicht einordnen." Er zielte mit dem Schneckengehäuse auf einen Felsen, warf und traf. Doch anstatt sich über seinen Treffer zu freuen, stützte er sein Gesicht in die Hände. „Verflixt und zugenäht, kann mir denn niemand helfen?"

Selene blickte ihn lange an. „Amykos hat dir vielleicht erzählt, daß ich ein bißchen weiter sehen kann als gewöhnliche Menschen. Leider reicht meine Kraft nicht aus, um in deinen Geist einzutauchen und Verborgenes zutage zu bringen. Du mußt den Weg allein finden."

„Ja, das weiß ich", antwortete Professor Ambrosius genervt. „Hier auf der Insel gibt's nicht einmal einen Psychoanalytiker, bei dem ich mich auf die Couch legen kann."

„Psychoanalytiker?" Selene zog die Augenbrauen hoch. „Das ist auch wieder so ein Ausdruck, den ich nicht verstehe. Manchmal habe ich den Eindruck, du kommst von weiter her, als man sich vorstellen kann."

Wieder blitzte eine Erinnerung auf: Häuser, ein langer Weg, eine Höhle ... Das Bild wurde jedoch sofort zu Nebel. Professor Ambrosius machte ein gequältes Gesicht.

„Es ist da ... zum Greifen nah ... doch wenn ich die Hände danach ausstrecken will, verschwindet alles."

„Laß dir Zeit", mahnte Selene. „Setz' dich nicht selbst unter Druck, denn damit baust du unnötige Hindernisse auf. Versuche nicht zwanghaft, dich zu erinnern. Laß deine Gedanken fliegen wie einen Vogel, dann kommst du irgendwann ans Ziel."

Professor Ambrosius zuckte mit den Achseln und starrte ins Leere. Selene seufzte.

„Ich weiß, meine Worte helfen dir nicht viel. – Vielleicht gibt es auch noch eine andere Möglichkeit."

Der Professor horchte auf. „Und die wäre?"

Selene wies mit ihrer Hand auf die umliegende Landschaft. „Die Natur hat manchmal heilende Kräfte. Das mag ein Baum sein oder eine Höhle ..."

„Was willst du damit sagen?" fragte der Professor mit hochgezogenen Augenbrauen. Er verstand nicht, worauf Selene hinauswollte.

„Jeder Baum ist ein lebendes Wesen und kann dir Kraft verleihen", murmelte Selene. „Seine Wurzeln können dir helfen, zu deinen eigenen Wurzeln zurückzufinden."

Der Erfinder runzelte die Stirn.

„Du solltest eine Nacht unter einem Baum verbringen“, sagte Selene. „Vielleicht spricht der Wind in den Blättern zu dir. Wenn du zuhörst, sagt er dir, wer du bist. Du mußt dich nur öffnen und auf die Stimme des Baumes lauschen.“ Selene stand auf, entfernte einige Schneckenhäuser von ihrem Kleid und sagte: „Komm mit. Wir werden einen geeigneten Baum für heute nacht suchen.“ Sie sprang leichtfüßig davon.

„Das soll nützen?“ Der Professor schüttelte den Kopf. Er hatte seine Zweifel.

Selene dagegen glaubte fest an die Macht der Naturkräfte. Den ganzen Vormittag war sie verschwunden gewesen, ohne sich um die Schnecken zu kümmern, die der Erfinder und Amykos am Tag zuvor mitgebracht hatten.

„Ich weiß, wo Selene steckt, obwohl sie nichts gesagt hat“, hatte Amykos dem Professor mitgeteilt. „Sie ist in die Höhle am Berg gegangen. Es ist ein heiliger Ort. Selene wünscht sich nämlich schon seit langem ein zweites Kind. Nach Myrrha hatte sie einen kleinen Jungen bekommen. Er ist leider gleich nach der Geburt gestorben.“

Professor Ambrosius bemühte sich, Selene zu folgen. Sie schien sich weder an Dornen noch an spitzen Steinen zu stören, obwohl sie keine Sandalen trug.

„Nicht so schnell“, keuchte er und kletterte einen steilen Hang empor. Selene stand schon auf der Kuppe. Ihr Gewand wehte im Wind. Sie strich ihr Haar zurück und wartete, bis der Professor nachgekommen war. Als er neben ihr stand und nach Atem rang, deutete sie auf einen knorrigen Olivenbaum, der seine Zweige weit nach allen Seiten ausbreitete.

„Dieser ist es und kein anderer.“

„Ich soll heute nacht also unter diesem Baum sitzen und warten, daß etwas geschieht“, fragte der Erfinder skeptisch. Die Vorstellung allein kam ihm albern vor.

Doch Selene nickte. „Genau. Der Mond ist fast voll; da sind die Kräfte der Natur besonders stark.“

„Ich war ein kleiner Junge, als ich zuletzt eine ganze Nacht unter einem Baum verbracht habe“, protestierte Professor Ambrosius. „Nämlich unter dem Weihnachtsbaum.“

„Weihnachtsbaum?“ gab Selene zurück. „Was ist das?“

Jetzt erst wurde dem Professor bewußt, was er gesagt hatte. Als er nachdachte und versuchte, sich zu erinnern, stieß er wieder gegen eine Wand. Er stöhnte und griff sich an die Stirn.

„Okay, okay, ich setz’ mich ja drunter. Meinetwegen auch eine ganze Woche, wenn es etwas nützt.“

„Du mußt fest daran glauben“, sagte Selene beschwörend.

‚Wenn ich das nur könnte‘, dachte Professor Ambrosius. Aber er nickte.

Sie gingen zusammen zur Hütte zurück. Am Abend schickte Selene ihn los. Sie gab ihm weder Proviant mit noch eine Decke. Der Professor wunderte sich etwas, denn Selene war sonst immer sehr besorgt um sein Wohlergehen.

Selene bemerkte sein Zögern und lachte.

„Nein, ich bin nicht geizig geworden.“ Sie erklärte: „Du sollst den Wind auf deiner Haut spüren. Wenn du frierst, dann ist es ein Zeichen, daß du lebendig bist und fühlen kannst. Und wenn du hungrig bist, dann wirst du um so wacher die Botschaft des Baumes aufnehmen können.“

„Hm“, brummte der Professor. „Wie du meinst.“ Er ging davon, als Selene ihm nachrief:

„Aber vergiß nicht, dem Baum ein Geschenk zu machen.“

„Was für ein Geschenk denn?“ fragte der Erfinder verblüfft.

„Dir wird sicher etwas einfallen“, erklang Selenes Stimme hinter ihm.

„Na, die hat gut reden“, murmelte der Professor. „Komm, Moorteufel.“

Der schwarze Hund lief neben ihm her. Es war gerade noch hell genug, um den Weg zu erkennen.

Die ersten Sterne blinkten bereits am Himmel, als sie den Olivenbaum erreichten.

„Hier ist es, Moorteufel. Richte dich auf ein paar gemütliche Stunden ein.“

Der Professor blickte den Baum an. In der Dunkelheit sah er gespenstisch aus. Die knorrigen Äste wirkten wie Arme, die sich nach einem Opfer ausstreckten.

„Unsinn!“ sagte Professor Ambrosius laut. „Es fehlt gerade noch, daß ich anfange zu spinnen.“ Er wollte sich schon auf dem Boden niederlassen, als ihm einfiel, was Selene gesagt hatte. Er sollte dem Baum etwas schenken. Bloß was?

Er wühlte in seinen Hosentaschen. Die Fernbedienung fiel ihm in die Hände. Das schwarze Kästchen etwa? Die Tasten glänzten in der Dunkelheit.

„Ich weiß zwar nicht, was es ist, aber ich habe das Gefühl, daß ich das Ding noch brauchen werde.“ Der Erfinder steckte die Fernbedienung wieder ein. Er fand ein zusammengefaltetes Taschentuch.

„Dies hier vielleicht? Baum, willst du das?“

Er wickelte das Tuch um einen Ast und knotete es zweimal fest. „Der Stoff ist viel feiner als alles, was es hier gibt. Könnte es ein Hinweis auf meine Herkunft sein? Erzähl’ mir doch, was du weißt, Baum!“

Er hielt den Atem an und lauschte. Nichts, natürlich!

„Ich benehme mich wie ein kompletter Idiot“, murmelte der Professor. „Komm, Moorteufel.“ Er setzte sich auf den Boden, den Rücken gegen den rauhen Stamm gelehnt, und streckte die Beine aus. Dann grub er seine Finger in Moorteufels Fell, kraulte den Hund und wartete.

Das Laub raschelte im Wind. Manchmal kam es dem Erfinder so vor, als wispere eine leise Stimme, aber dann war er überzeugt, daß seine Ohren ihm nur einen Streich gespielt hatten. Einige Zeit später ging der Mond auf und zog langsam über den Himmel. Ein Nachtvogel flog herbei und landete in den Zweigen über dem Professor. Moorteufel spannte seine Muskeln an.

„Benimm dich“, warnte Professor Ambrosius. „Du wirst

doch auf deine alten Tage keinen Eulen nachbellen, oder? Wo bleiben deine Manieren, mein Junge?"

Der Hund beruhigte sich und legte die Schnauze wieder zwischen die Pfoten.

Der Kauz putzte sein Gefieder. Dann begann er, leise klagende Laute von sich zu geben.

„Hu-hu-huhuhu ..."

Der Professor erschauderte und zog die Schultern hoch. Es fröstelte ihn.

„Ganz schön gruselig, nicht wahr, Moorteufel? Michael würde es sicherlich geniesen ..."

Er erschrak. Was hatte er da gesagt? *Michael* ... Er kannte keinen Michael. Oder doch? Ein Jungengesicht tauchte in den Zweigen auf, grinste und verschwand.

Professor Ambrosius fuhr sich über die Stirn. Er zuckte zusammen. Ein paar Sekunden lang war er tatsächlich eingenickt gewesen. Traum und Wirklichkeit fingen an, sich miteinander zu vermischen. „Verflixt und zugenäht ..." Der Erfinder gähnte. „Ich muß doch wachbleiben. Selene hat ausdrücklich gesagt –" Er stockte. Eigentlich hatte sie ihm nicht ausdrücklich verboten einzuschlafen. Und manche Botschaften kamen im Schlaf ... Fand er da nicht manchmal die Lösung auf seine Probleme? Damals, als er den Zeit-Traum-Apparat erfunden hatte, war es genauso gewesen ... *Zeit-Traum-Apparat!*

Schon wieder so ein Wort, das aus seinem Unterbewußtsein aufgetaucht war und mit dem er nicht viel anfangen konnte.

„Es ist wie verhext", klagte der Professor und trommelte mit den Fingern an seine Stirn. „Ich bin ein Gefangener meiner eigenen Gedanken ..."

Moorteufel winselte leise und schob seinen Kopf an das Knie des Erfinders. Professor Ambrosius beruhigte sich. „Du hast recht, mein Guter. Es bringt gar nichts, sich aufzuregen." Er starrte vor sich hin.

Das Käuzchen stieß sich ab und flatterte davon. Der

Mond leuchtete hell und rund durch die Zweige des Olivenbaums. Der Erfinder gähnte immer häufiger. Sein Kopf fiel nach vorne, und er nickte ein.

Im Traum erschien ihm eine Riesenschnecke. Ihr Haus leuchtete in allen Regenbogenfarben. Sie kroch direkt auf den Professor zu. Er wollte weglaufen, doch er konnte nicht. Seine Füße waren wie festgeleimt. Die Fühler der Schnecke fuhren aus. Mit seinen Stielaugen sah das Ungetüm den Erfinder an. Dann fingen die Augen an zu kreisen, und die Schnecke verzog das Maul.

Du hast wenig Zeit, Ambrosius …

Der Professor schreckte auf. Ringsum sangen die Vögel, und es fing an, hell zu werden.

„Wie? Ist es schon Morgen? Ich habe doch nur einen Augenblick geschlafen!" Verwirrt fuhr er sich übers Gesicht. Dann fiel ihm der Traum wieder ein.

Hatte die Schnecke wirklich gesprochen?

„Ambrosius“, wiederholte der Professor und streckte sich. Er war ganz verkrampft und steif. Alles schmerzte. „Das ist mein Name, jetzt erinnere ich mich. Ich heiße Ambrosius Köhler. – Aber warum ich hier bin, weiß ich noch immer nicht. Ist das nicht zum Heulen, Moorteufel?“

Michael ging unruhig hin und her. Drei Schritte bis zur Wand, umdrehen, drei Schritte wieder zurück.

„Muß das sein?“ fragte Heike gereizt. Michaels Herumlauferei machte sie ganz nervös. Sie versuchte nachzudenken. Ihre Fingernägel waren schon ganz kurz, weil sie dauernd darauf herumbiß.

„Ich will mir noch ein bißchen Bewegung verschaffen, bevor es ganz aus mit mir ist“, entgegnete Michael bitter. „Nicht jeder hat die Ehre, die Vorspeise für ein Ungeheuer zu sein. Entschuldige, wenn mich diese Tatsache etwas kribbelig macht.“

„Thomas und mir geht es auch nicht besser“, entgegnete Heike heftig. „Aber vielleicht fällt mir ja noch etwas ein, wenn du aufhörst, wie ein Idiot herumzurennen.“

„Ich glaub' nicht mehr daran, daß es noch eine Lösung gibt“, murmelte Michael, hockte sich aber dann auf den Steinboden der kleinen Kammer, in der die drei Zeitreisenden eingeschlossen waren. „Uns ist die ganze Zeit nichts eingefallen. Auch Onkel Ambrosius ist nicht aufgetaucht. Morgen ist das große Fest. Na, und dann – Mahlzeit!“

„Wie der Minotaurus wohl aussieht?“ überlegte Heike.

„Geduld, Schwesterherz. Ich wette, du erfährst es eher, als dir lieb ist.“

„Ich kann mir noch immer nicht vorstellen, daß es ein Wesen gibt, das tatsächlich Menschen frißt“, meinte Thomas. „Solche Ungeheuer kommen doch nur im Märchen vor.“

„Schön wär's“, murmelte Michael. „Stellt euch vor, wir kommen morgen in das Labyrinth, und ein freundliches Monster steht da, grinst uns an und sagt: ‚Herzlich willkommen. Das alles war nur ein riesiger Scherz. In Wirklichkeit tue ich keiner Fliege etwas zuleide. Können wir nicht eine Runde Skat zusammen spielen?'"

Thomas lächelte, aber Heike sagte: „Ich halte den Minotaurus für sehr gefährlich. Warum hat man ein Labyrinth für ihn gebaut? Ein einfacher Käfig oder ein Gelände mit einem Graben darum hätte doch genügt."

„Es muß ein scheußliches Ungetüm sein, wenn man es nicht sehen darf", bestätigte Thomas.

„Vielleicht gibt es den Minotaurus ja gar nicht", sagte Michael nach einer Pause. „Man kann eine Menge erzählen und Gerüchte ausstreuen, um die Leute zu erschrecken."

Thomas kratzte sich. „Aber wozu dann das Ganze? Das Labyrinth, das Fest ..."

„Mann, natürlich muß man die Schau schon perfekt abziehen."

Michael ereiferte sich. „Ein König, der ein geheimnisvolles Ungeheuer in einem Labyrinth eingesperrt hat, wird doch ganz anders angesehen als ein Herrscher, der neben seinem Thron einen Käfig mit zwei Kanarienvögeln hat."

„Hm ..." Thomas war nicht ganz überzeugt.

„Aber die Geräusche, die wir gehört haben", warf Heike ein. „Die Schreie, das Schnauben ..."

„Meinst du, das war der Minotaurus?" fragte Michael.

Heike hob hilflos die Schultern. Ein erschreckender Gedanke!

„Vielleicht gibt es eine Möglichkeit, aus dem Labyrinth herauszukommen", meinte Thomas. „Möglicherweise hat es einen zweiten Ausgang. Oder wir könnten einen günstigen Moment abwarten und wieder zum Eingang zurückkehren ... Wir müssen bloß verhindern, daß wir uns verirren."

Heike schnippte mit den Fingern. „Ich hab' eine Idee. Habt ihr bemerkt, wie das Kätzchen mit Ariadnes Wollfaden gespielt hat? Wolle – das ist es! Wir müssen einen Faden abwickeln, dann finden wir den Weg zurück."

„Stimmt. Den Trick hab' ich einmal in einem Film gesehen", erinnerte sich Michael.

„Aber wir haben kein Wollknäuel", wandte Thomas ein.

Heike deutete auf ihr Sommer-Top, das sie sich kürzlich gehäkelt hatte. „Ich könnte das Ding auftrennen."

„Geht das?" fragte Michael skeptisch.

„Der Faden ist sicher zwei- bis dreihundert Meter lang", schätzte Heike. „Ich müßte natürlich verschiedene Stücke zusammenknoten, aber das macht ja nichts."

Michael und Thomas wechselten einen Blick.

„Okay", meinte Michael. „Probier's. Es ist immerhin eine Chance, und eine bessere Idee haben wir nicht."

„Ich brauche einen spitzen Gegenstand", überlegte Heike.

„Geht mein Taschenmesser?" fragte Thomas.

Heike prüfte das Messer, das er ihr hinhielt. „Gut."

Es war eine mühselige Arbeit, Reihe um Reihe aufzutrennen. Unzählige Male riß der Faden ab. Heike knotete ihn mit Engelsgeduld immer wieder fest. Michael half ihr beim Aufwickeln. Sobald eine der Priesterinnen auftauchte, versteckten sie alles. Niemandem fiel auf, daß Heike jetzt eines der weißen Leinenhemden trug, die für den Festtag zurechtgelegt worden waren.

Sie brauchten die halbe Nacht. Das Ergebnis war ein gelbes Garnknäuel in der Größe einer Orange.

„Hoffentlich nützt es wirklich etwas", murmelte Heike schlaftrunken und gähnte. Die eintönige Arbeit hatte sie müde gemacht, und so schlief sie tatsächlich ein, obwohl es möglicherweise ihre letzte Nacht war …

Das große Fest

„Ein Baum würde sich an dieser Stelle ganz gut machen." Leise summte Daidalos vor sich hin, als er einen kleinen Olivenzweig in den Sand steckte. Dann trat er zwei Schritte zurück und betrachtete mit wohlwollender Miene das Modell auf dem Tisch. Miniatur-Häuser gruppierten sich um einen Innenhof. Eine Tonschale stellte das zukünftige Wasserbecken dar. Daidalos hatte sogar eine winzige geschnitzte Ente hineingesetzt. König Minos wünschte sich einen neuen Sommerpalast, und er hatte Daidalos mit der Planung beauftragt. Er wußte, daß Daidalos' Entwürfe selbst in den Einzelheiten perfekt waren.

Auch diesmal war Daidalos mit sich und seinen Ideen zufrieden.

„Nicht schlecht. Ich denke, das Modell wird Minos gefallen.“

Er klopfte an der Tür.

„Herein“, sagte Daidalos munter.

Die Angeln quietschten, als ein alter Mann den Raum betrat. Mit einem Stock tastete er sich an der Wand entlang. Das rechte Auge des Alten war mit einer milchigen Schicht überzogen, über das linke hing das Lid so tief, daß man die Pupille nicht mehr erkennen konnte.

„Störe ich dich, Daidalos?“ fragte der Alte mit brüchiger Stimme.

„Aber nein, Nereus“, entgegnete Daidalos schnell. „Du weißt doch, du bist immer willkommen. Ich habe gerade das Modell für den neuen Sommerpalast beendet. Ich hoffe, daß der König damit einverstanden ist. – Nimm doch Platz.“ Er zog rasch einen Stuhl herbei.

Nereus tastete die Lehne ab, dann setzte er sich. „Ich danke dir, Daidalos.“

„Schade, daß du mein Modell nicht sehen kannst“, sagte Daidalos bedauernd. „Auf deine Meinung hätte ich viel Wert gelegt. Aber ich kann's dir ja beschreiben. Also, der Palast wird ein großes Bad haben ...“

„Entschuldige, wenn ich dich unterbreche“, sagte Nereus. „Aber ich bin aus einem anderen Grund gekommen.“

Daidalos, der gerade eines der Tonhäuschen um einige Millimeter verschoben hatte, zögerte und warf einen Blick auf seinen Gast. Irgend etwas in Nereus' Stimme ließ ihn aufhorchen.

„Das hört sich ja nach etwas Wichtigem an. Was gibt's denn? Hattest du wieder schreckliche Träume? Oder kommt deine Schwiegermutter zu Besuch?“

„Du sollst dich nicht über mich lustig machen, Daidalos“, mahnte Nereus. „Die Sache ist sehr ernst. Ist dir in der letzten Zeit nichts an deinem Sohn aufgefallen?“

„An Ikaros?“ fragte Daidalos. „Was soll mit ihm los sein? Er ist momentan in einem schwierigen Alter, aber das ist ganz normal, denke ich. Er sagt nicht, wohin er geht, kommt abends spät nach Hause und gibt aufmüpfige Antworten." Daidalos lachte kurz auf.

„Das sind Probleme, die alle Väter mit ihren Söhnen haben, oder nicht?"

Nereus schwieg. Dann sagte er: „Ich fürchte, du nimmst die Angelegenheit etwas zu leicht, Daidalos."

„Wie meinst du das?"

„Verzeih', wenn ich so offen mit dir rede. Aber es geht auch um dich. Ikaros hat sich nämlich einer Gruppe von Leuten angeschlossen, die den König stürzen wollen."

Daidalos' Hände begannen zu zittern. Er starrte Nereus voller Entsetzen an. „Was sagst du da?"

„Ich weiß, du willst es nicht hören und erst recht nicht glauben. Trotzdem ist es die Wahrheit. Ikaros ist gegen König Minos und seine Herrschaft. Er würde am liebsten heute noch den Palast stürmen. Er nennt Minos einen Lügner und einen machthungrigen Tyrannen."

Daidalos erbleichte. „Ich kann es nicht fassen", flüsterte er. „Du machst Witze. Ikaros ... mein Sohn ..." Er atmete heftig und strich fahrig sein langes Haar zurück, durch das sich bereits graue Strähnen zogen. „Das ist Frevel. Wenn Minos das erfährt –" Er beendete den Satz nicht.

Nereus nickte bedächtig. „Deine Tage auf Kreta sind gezählt, mein Freund. Ich hatte einen Traum. Er verhieß nichts Gutes für dich und deine Familie. Ich glaube nicht, daß du das Unheil abwenden kannst, aber ich wollte dich trotzdem warnen."

„Was soll ich tun?" fragte Daidalos. Seine Unterlippe zitterte. Er sah plötzlich alt und erschöpft aus.

Nereus stand auf und griff wieder nach seinem Stock. „Du sollst auf dich aufpassen. Sei wachsam. Fliehe, wenn sich die Gelegenheit ergibt. Auf Kreta wirst du nicht mehr glücklich werden." Der Blinde wandte sich schon zum Gehen, doch Daidalos faßte ihn am Arm und hielt ihn zurück.

„Du weißt, wie ich selbst zu König Minos stehe?"

Nereus sah Daidalos mit leerem Blick an. „Du bist ihm dankbar, weil er dich aufgenommen hat, als du damals Zuflucht suchtest. Du hattest deinen Neffen getötet und mußtest fliehen. Minos erbarmte sich deiner. Er nahm dich auf und gab dir eine Stellung bei Hof. Seitdem bist du königlicher Baumeister. Du bemühst dich, deine Aufgabe gut zu erfüllen und bautest sogar für das Monstrum ein Labyrinth … Nein, niemand kann dir vorwerfen, daß du Minos nicht treu dienst."

Daidalos schluckte. „Trotzdem siehst du Gefahr für mich?"

„Alles ist dem Wandel unterworfen", sagte Nereus. „Heute liebst du, morgen schon kannst du hassen. Reiche bestehen und vergehen. Söhne stellen sich gegen die Väter, Männer gegen die Frauen, Könige verurteilen ihre treuesten Diener."

„Du sprichst in Rätseln, Nereus", sagte Daidalos vorwurfsvoll. „Zwar mag ich Rätsel und Knobeleien, aber alles zu seiner Zeit."

Nereus schüttelte unwirsch seinen Arm ab. „Achte auf die Zeichen. Und vergib Ikaros." Damit verließ der Blinde den Raum. Die Tür fiel hinter ihm zu.

Daidalos schüttelte den Kopf, verwirrt und unsicher.

„Nereus ist ein Spinner. Gut, er hat mich gewarnt, und dafür bin ich ihm dankbar. Aber warum drückt er sich nicht deutlicher aus?"

Er ging zu seinem Modell zurück, aber er hatte keine Freude mehr daran. Die Anordnung gefiel ihm nicht. Er stellte einige Tonhäuser um und wurde noch unzufriedener. Schließlich packte ihn die Wut, und er warf alles in den Sand.

„Wozu noch einen Sommerpalast bauen, wenn ich Kreta doch verlassen muß?"

Er trat zum Fenster und erschrak über die Menschenmenge, die sich vor dem Palast versammelt hatte. Waren die

Aufständischen schon so weit vorgedrungen? Wollten sie den Herrschaftssitz stürmen, die Mauern einreißen und alles zertrümmern?

Doch dann erinnerte sich Daidalos. Heute begann ja das große Fest zu Ehren des Stiergottes. Wie hatte er das nur vergessen können? Sieben Jungen und sieben Mädchen aus Athen würden sich in das Labyrinth begeben, das er, Daidalos, gebaut hatte.

Eine Zeitlang betrachtete er die Menschenansammlung vor dem Palast, dann schweiften seine Gedanken ab zu Ikaros. Stimmte es, was Nereus über ihn erzählt hatte?

Daidalos begann zu grübeln. Wann hatte die Entfremdung zwischen Vater und Sohn angefangen? Früher hatten sie sich gut verstanden. Ikaros war ein begabter Junge, schlau und mit einer schnellen Auffassungsgabe. Genau wie Daidalos liebte er komplizierte Tüfteleien. Es machte ihm Spaß, sich etwas auszudenken und zu basteln.

Inzwischen war Ikaros ein junger Mann geworden. Er hatte seine eigenen Vorstellungen. So war er beispielsweise von der Idee besessen, daß die Menschen einst die Luft erobern würden. Daidalos hatte versucht, ihm diese Spinnerei auszureden.

„Flügel für die Menschen? Das ist Wahnsinn! Der Mensch hat Beine, ist an die Erde gebunden! Warum beschäftigst du dich nicht mit Dingen, die sich verwirklichen lassen? Warum baust du keine Häuser und Paläste wie ich? Meinetwegen kannst du auch Schiffe entwerfen, wenn dir das mehr Spaß macht.“

„Lieber Schiffe, die durch die Luft segeln ...“, hatte Ikaros träumerisch geantwortet, woraufhin Daidalos der Kragen geplatzt war.

„Du bist kein Kind mehr, Ikaros. Hör auf, Illusionen nachzujagen. Widme dich den praktischen Dingen. Erfinde Maschinen, die den Bauern beim Pflügen helfen. Baue meinetwegen eine Töpferscheibe, die ohne Zutun der Menschen schöne Gefäße herstellt. Aber hör' auf, den Menschen zum Vogel machen zu wollen."

Daraufhin hatte Ikaros zornig den Raum verlassen und die Türe hinter sich zugeknallt. Daidalos hatte sich gefragt, ob er nicht einen Schritt zu weit gegangen war. Aber war es nicht an der Zeit, daß der Junge zur Vernunft kam?

‚Ich muß wieder mit ihm reden', dachte Daidalos. ‚Es bringt nichts, wenn wir aneinander vorbeileben. Ich muß lernen, ihm besser zuzuhören. Ganz sicher hat er auch einige brauchbare Vorschläge, und wir könnten vielleicht gemeinsam den Sommerpalast für Minos bauen ...'

Das unangehme Gefühl, das Nereus' Nachricht bei Daidalos hervorgerufen hatte, ließ nach. Er lächelte sogar bei dem Gedanken an mögliche Arbeiten mit seinem Sohn.

Doch plötzlich erstarb sein Lächeln. Daidalos beschirmte seine Augen. Hinter der Menschenmenge, dort wo die Landschaft sanft anstieg, erhob sich etwas in die Luft.

An einem Faden tanzte ein Drachen empor. Er nützte die Kraft des Windes und schraubte sich höher und höher. Der Drachen hatte die Form einer Raute. In leuchtender Farbe waren Stierhörner daraufgemalt – das Königszeichen!

„Ikaros", murmelte Daidalos lautlos. Das konnte nur das Werk seines Sohnes sein!

Inzwischen waren schon viele Menschen auf den Drachen aufmerksam geworden. Je höher er stieg, desto lauter wurde das Gemurmel. Man hörte Leute der Bewunderung und des Staunens.

„Lang lebe König Minos!" erklang ein Zwischenruf.

„König Minos, König Minos!" jubelte die Menge.

Der Drachen tanzte am Himmel. Sein langer Schwanz, bestückt mit bunten Stoffteilen, malte Kreise und Schlangenlinien in die Luft. Daidalos hielt den Atem an. Da! Jetzt geschah es! Der Drachen brach mitten auseinander und stürzte wie ein Stein zu Boden. Ein Aufschrei ging durch die Menge.

„Das ist das Zeichen, daß König Minos stürzen wird", rief

jemand. Daidalos klammerte sich am Fenster fest. Palastwachen liefen los und versuchten, den Rufer ausfindig zu machen. Doch der Mann war längst in der Menge untergetaucht.

„Kannst du nicht schneller rudern, Papa?“ fragte Myrrha ungeduldig. „Wann sind wir denn endlich da?“

„Sobald du aufhörst, dumme Fragen zu stellen“, antwortete Amykos erschöpft. Er wischte sich den Schweiß von der Stirn. Zwar besaß das Boot auch ein Segel, doch der Wind wehte so ungünstig, daß man es nicht einsetzen konnte. Es war zweifelhaft, ob sie Kreta noch rechtzeitig erreichen würden, bevor das Fest begann.

Myrrha schaute auf das Körbchen mit den Blumen. Selene hatte es ihr mitgegeben. Die Mohnblumen hatten bereits ihre Blütenblätter abgeworfen, wie Selene es vorausgesagt hatte. Nur die leeren Stengel waren übriggeblieben. „Wenn du Mohnblumen abpflückst, kannst du die Blumen gerade noch einmal anschauen, bevor sie ihre schönen Blätter abwerfen. – Laß sie lieber auf der Wiese stehen, und nimm andere Blumen mit.“

Doch Myrrha hatte auf Mohnblumen bestanden. Nun, dann würde sie eben die Blütenblätter ausstreuen. Wie rote Schmetterlinge würden die Blätter durch die Luft segeln. Myrrha lächelte vor sich hin. Seit Tagen hatte sie nichts anderes als das große Fest im Kopf.

„Freust du dich auch so?“ fragte sie den Professor, der ihr gegenüber im Boot saß.

Der Erfinder zuckte mit den Achseln. „Ich weiß nicht. Ich habe nur das Gefühl, daß ich unbedingt nach Kreta muß. Warum, kann ich dir auch nicht sagen.“

Myrrha sah ihm lange ins Gesicht. „Ambrosius ist ein blöder Name“, stellte sie dann fest. „Acheloios hat mir viel besser gefallen.“

„Sei nicht so unhöflich, Myrrha“, rügte Amykos seine Tochter.

Phokos lachte. „Willst du mal rudern, Myrrha?“ schlug er vor. „Du hast dich doch die ganze Zeit über ausgeruht. Bestimmt hast du Kräfte wie ein Stier, oder nicht?“

Myrrha stemmte die Füße gegen den Bootsboden und fing an zu rudern. Vor lauter Anstrengung kniff sie Lippen und Augen zusammen. Nach fünf Minuten gab sie das Ruder an Phokos zurück.

„Puh“, japste sie. „Aber jetzt sind wir schon viel näher bei Kreta, ganz bestimmt.“

Amykos lächelte. Wenig später kam endlich Wind auf, und sie setzten das Segel. Jetzt ging es schneller. Bald konnten sie die Häuser auf Kreta erkennen, und wenig später legten sie in einer Bucht an.

Amykos beauftragte einen herumlungernden Jungen, gut auf das Boot aufzupassen. Dann gingen die drei Männer und Myrrha an Land. Moorteufel sprang mit einem großen Satz aus dem Boot. Das Mädchen hüpfte vor lauter Aufregung und plapperte ununterbrochen.

„Werde ich sehen, wo das Labyrinth anfängt? Vielleicht ist da irgendwo ein Loch, und ich kann durchgucken! Ich will so gerne den Minotaurus anschauen! Nur einmal!“

„Ich möchte diesem Ungetüm nicht über den Weg laufen, selbst wenn man mir so viele Reichtümer geben würde, daß ich mein ganzes Leben lang nicht mehr arbeiten müßte“, entgegnete Phokos.

„Da sprichst du mir aus der Seele“, sagte Amykos.

Professor Ambrosius rückte seine Brille zurecht. „Was ist das eigentlich für ein Ungeheuer, und woher kommt es?“

„Böse Zungen behaupten, es wäre der leibliche Sohn der Königin“, antwortete Amykos. „Sie soll ein Wesen zur Welt gebracht haben, halb Stier, halb Mensch. Minos war darüber angeblich so zornig, daß er seinen Baumeister Daidalos beauftragt hat, für das Monstrum ein Labyrinth zu bauen. – Aber wie gesagt, das ist alles nur ein Gerücht. Ich weiß nicht, was an der Sache wahr ist. Vielleicht ist der Minotaurus auch nur ein besonders wilder Stier. So ein Vieh ist schließlich gefährlich genug."

„Stiere fressen aber keine Menschen", wandte Myrrha ein. „Sie fressen Heu, Gras und Blumen." Sie schaute auf ihr Körbchen. Es war halbleer, weil sie beim Hüpfen schon etliche Blumen verloren hatte.

„Das Fest ist schon in vollem Gang", stellte Phokos fest. „Hoffentlich sehen wir die Stiertänzer noch."

Myrrha ermüdete bald, und Amykos mußte seine Tochter auf die Schultern nehmen. Sie mischten sich unter die Menschenmenge. Es herrschte ein unglaubliches Gedränge. Händler boten Brot, Getränke oder Süßigkeiten an. Fast an jeder Ecke standen Musikanten. Manche bließen ins Horn, andere spielten Flöte, einige schlugen auf fellbespannten Trommeln einen schnellen, erregenden Rhythmus. Phokos fragte sich mühsam durch.

„Wo kann man die Stiertänzer sehen?"

Er erhielt unterschiedliche Auskünfte. „Am besten gehen wir zum Palast", entschied sich Phokos dann. „Dort sehen wir vielleicht am meisten."

Sie wählten den Weg durch abgelegene Gassen, in denen das Menschengewühl nicht ganz so schlimm war. Amykos setzte seine Tochter ab, sie wurde ihm zu schwer. Quengelnd lief das Mädchen neben den Männern her.

„Wann kann ich endlich meine Blumen ausstreuen? Phokos, meine Füße tun schon wieder weh. Kannst du mich nicht tragen?"

Phokos lachte. „Nur, wenn du mich zuerst trägst. Meine Füße tun nämlich auch weh."

Myrrha machte ein zorniges Gesicht. „Und du, Ambrosius?" Sie streckte flehend ihre Hände aus. „Bitte, trag' mich."

Seufzend bückte sich der Professor, um ihrem Wunsch nachzukommen. Schon wenige Sekunden später bereute er seine Nachgiebigkeit.

„Puh, wie viele Zentner wiegst du eigentlich?"

„Ich bin bestimmt nicht schwerer als dein Hund“, behauptete Myrrha.

„Den brauche ich ja auch nicht zu tragen. Er läuft zum Glück selbst.“

„Kunststück, der hat ja auch vier Beine. Da wird er nur halb so müde.“

Professor Ambrosius schnaufte, als die Gasse steiler wurde. Er wollte Myrrha schon absetzen, da schrie die Kleine: „Guck mal, Papa, was hängt dort vorne in der Luft?“

Die Männer erblickten über den Häusern einen großen Drachen, der wirbelnd aufstieg.

„So etwas habe ich noch nie gesehen“, sagte Amykos staunend.

„Warum fällt es nicht herunter?“ fragte Myrrha mit großen Augen.

„Das hat etwas mit den Windbewegungen zu tun“, erklärte der Erfinder. „Bei uns lassen viele Jungen und Mädchen im Herbst ähnliche Drachen steigen.“ Als er den Satz ausgesprochen hatte, wurde ihm bewußt, daß er sich wieder an etwas erinnert hatte.

„Ich möchte auch einen Drachen“, sagte Myrrha sehnsüchtig. „Ich komme mit dir.“

„Ich kann nicht mehr. Du bist mir zu schwer.“ Professor Ambrosius wurde energisch und nahm das Mädchen von den Schultern. Myrrha wehrte sich und zog ihn kräftig an den Haaren.

„Autsch! Verflixt und zugenäht, ist das der Dank?“

„Myrrha!“ sagte Amykos tadelnd. „Du darfst nie mehr mit nach Kreta, wenn du dich nicht benehmen kannst.“

Myrrha schnitt eine Grimasse und sagte schnippisch: „Dann werde ich auch nie mehr einen von deinen blöden Fischen essen.“

„Komm“, sagte Phokos und nahm das Mädchen bei der Hand. „Ich denke, wir werden diesen schmalen Weg nehmen. Das ist bestimmt eine Abkürzung zum Palast.“

Die Gasse war stockfinster, aber als sie am anderen Ende

herauskamen, lag tatsächlich der Königspalast vor ihnen. Phokos hatte nicht zuviel versprochen.

„So viele Menschen!“ Myrrha war den Tränen nahe. „Ich sehe gar nichts. Und ich will doch meine Blumen streuen.“

Phokos gebrauchte die Ellbogen und bahnte für sich und

Myrrha einen Weg durch die Menge. Amykos und Professor Ambrosius versuchten, den beiden zu folgen.

„Frechheit!“

„Wir waren schon eher da!“

„Hinten anstellen!“

Sie mußten sich nur Beschimpfungen, sondern auch einige unfreundliche Knüffe einstecken. Aber endlich standen sie in der ersten Reihe. Selbst Moorteufel hatte es geschafft.

Eben öffneten sich die Palasttore, und der Festzug begann. Zwei weiße Stiere führten den Zug an. Ihre Hörner waren mit Gold überzogen, und um ihre Hälse hingen Blumenketten. Zwei junge Frauen saßen rittlings auf den Stieren. Ihre Gesichter waren bunt bemalt. Zur gleichen Zeit standen die beiden Frauen auf, balancierten auf den Stierrücken, griffen nach den Hörnern und sprangen mit einem Salto von den Tieren herunter. Ein Raunen ging durch die Menge.

Nun nahmen zwei weißgekleidete Männer von einer Seite Anlauf und hechteten über die beiden Stiere. Von der anderen Seite kam ein neues Paar und flog förmlich über die Tiere hinweg.

„Unglaublich“, sagte Professor Ambrosius voller Bewunderung und Erstaunen. „Da kann man nur vor Neid grün werden. So sportlich müßte man sein!“

Die Stiere zogen an ihnen vorüber. Flötenspieler und Akrobaten, die auf Händen liefen, folgten. Danach kamen zwei schwarze Stiere. Diesmal zeigten die Tänzer noch schwierigere Kunststücke. Sie schienen weder Knochen noch Gewicht zu besitzen, so biegsam und leicht wirkten ihre Körper. Wie Federn schnellten sie durch die Luft und wirbelten von einer Seite zur anderen. Alle Kunststücke wurden mit Anmut und Grazie ausgeführt. Es war eine Augenweide.

„Das möchte ich auch lernen“, erklärte Myrrha begeistert. Sie saß wieder auf den Schultern ihres Vaters. „Ich will

Stiertänzerin werden, wenn ich groß bin. – Jetzt sind sie schon vorbei, wie schade!“ Sie hopste vor Aufregung. „Oh, da kommen die Leute, die ins Labyrinth müssen, schau!“

„Mußt du so zappeln?“ beschwerte sich Amykos. „Willst du mir die Schultern brechen?“

Weißgekleidete Priesterinnen schritten an ihnen vorbei. Die goldenen Stiermasken leuchteten in der Sonne. Im Gänsemarsch folgten die Jungen und Mädchen, die dem Stiergott geopfert werden sollten. Ihre Gewänder waren weiß wie Schnee. Auf der Brust trug jeder das goldene Hörnerzeichen. Blumenkränze saßen auf ihren Köpfen. Zwei oder drei Mädchen strahlten vor Stolz, aber die Mienen der anderen verhießen Angespanntheit und Trauer.

„Die Armen“, sagte Myrrha voller Mitleid. Sie griff in ihren Korb und ließ Mohnblüten durch die Luft rieseln.

Professor Ambrosius schluckte. Was war das für ein König, der das Leben von fremden Jungen und Mädchen opferte? Wollte er mit einem solchen grausamen Brauch wirklich sein Reich bewahren? Oder wollte er seine Untertanen damit einschüchtern?

Der Blick des Professors blieb an einem Mädchen hängen. Es wurde ihm siedendheiß. Schlagartig wurde ihm bewußt, daß er das Mädchen kannte.

„Heike!“

Sein Ruf ging im Lärm der Menge unter. Heike wandte nicht den Kopf. Professor Ambrosius wollte nach vorne laufen und sie aus dem Zug herausreißen, doch Aufseher hielten die Zuschauer mit Stöcken und Seilen zurück. Der Weg für den Festzug mußte freibleiben.

„Laß mich sofort durch!“ keuchte Professor Ambrosius.

„Keine Ausnahmen!“ knurrte der Aufseher. „Halte dich an die Regeln, sonst brate ich dir eins über!“ Er schwang drohend seinen Knüppel.

Jetzt entdeckte der Erfinder auch Michael und Thomas. Sofort erinnerte er sich an ihre Namen.

„Michael! Thomas!“ Er formte seine Hände zu einem

Trichter. Einen kurzen Augenblick lang schien es ihm, als hätte Thomas ihn gesehen. Dann war der Zug an ihm vorbei, andere Menschen drängten sich dazwischen und verbauten ihm die Sicht. Der Professor ballte verzweifelt die Fäuste. Zwar konnte er sich noch immer nicht an alles erinnern, aber er wußte, daß Heike, Michael und Thomas zu ihm gehörten und daß sie in diesem Zug nichts zu suchen hatten. Sie durften unter keinen Umständen in das Labyrinth des Minotaurus geraten!

„He, was ist auf einmal los mit dir?" wollte Amykos wissen. „Du siehst aus, als wärst du von einem Stier niedergetrampelt worden. Was ist denn passiert?"

Der Erfinder konnte nur stammeln. „Sie sind hier ... ich hab' sie gesehen ... sie dürfen nicht geopfert werden ... ich muß sofort den König sprechen ..."

„Bist du wahnsinnig geworden?" fragte Amykos verblüfft.

„Vielleicht", entgegnete Professor Ambrosius und fing an, sich einen Weg durch die Menge zu bahnen. „Aber wenn ich nichts unternehme, dann gibt es eine Katastrophe."

Rette sich, wer kann!

Das Loch im Felsen sah aus wie der Eingang zur Hölle. Michael war klatschnaß geschwitzt. Das weiße Gewand klebte an seinem Körper. Er spürte seine Beine nicht mehr, als er die Stufen hinunterschritt. Alles kam ihm vor wie ein böser Traum. Schwerter kreuzten sich hinter seinem Rücken. Er hörte das leise Klirren und hatte das Gefühl, im nächsten Moment ohnmächtig werden zu müssen.

‚Wenn ich da reingehe, komme ich nie mehr raus', hämmerte es in seinem Kopf.

Warum brachten sie ihn nicht gleich um? Warum diese Qual? Gab es etwas Schlimmeres, als vor lauter Angst zu sterben?

Er tastete nach den Wänden. Sie fühlten sich kalt und

klamm an. Immer weiter führten die Stufen in die Tiefe. Es war nicht ganz finster. In der Ferne glomm ein Licht. Michael konnte nicht entscheiden, ob es eine Fackel war oder ob Tageslicht durch einen Schacht eindrang.

Hatte Thomas tatsächlich den Professor in der Menge gesehen? Oder war es ein Trugbild gewesen, das ihm die Angst vorgegaukelt hatte? Michael biß die Zähne zusammen. Es hatte keinen Sinn, sich einer falschen Hoffnung hinzugeben. Er erinnerte sich an das Garnknäuel, das Heike ihm anvertraut hatte. Vorsichtig warf er einen Blick zurück. Wurde er von den Priesterinnen noch beobachtet? Besser, er knotete den Faden erst ein Stück weiter innen fest.

Da – der Gang verzweigte sich schon! Sollte er sich nach rechts oder nach links wenden? Michael entschied sich für die erste Möglichkeit. Der neue Gang war ungefähr einen dreiviertel Meter breit und führte leicht bergauf. Michael fühlte an der Wand einen Vorsprung. Er holte das Knäuel hervor, wickelte den Faden ab und versuchte, ihn festzuknoten. Zweimal rutschte die Schlinge ab, weil seine Finger zu sehr zitterten. Dann saß der Faden fest. Endlich!

Michael ging rückwärts und ließ den Faden ablaufen. Ob die Methode wirklich funktionierte? Sicher kam es darauf an, wie groß das Labyrinth war.

Wenn es das Ungeheuer tatsächlich gab, wo versteckte es sich? Wann würde es ihn entdecken? Ob es bereits seinen Angstschweiß roch? Michael geriet in Panik. Vielleicht stand das Monster schon hinter ihm! Er wirbelte herum, gerade noch rechtzeitig, um das Loch im Boden zu entdecken. Einen Schritt weiter, und er wäre hineingefallen!

„Liebe Güte!“ Das Herz schlug ihm bis zum Hals, und das Blut rauschte ihm in den Ohren. Das Loch war verteufelt tief, er konnte den Boden nicht erkennen. Michael hob ein Steinchen auf und ließ es fallen. Es dauerte zwei Sekunden, bis er es unten aufschlagen hörte.

„Es sind sicher mehr als fünf Meter“, murmelte Michael. „Tief genug, um sich den Hals zu brechen.“

Er ging zurück und wählte den linken Gang. Dabei achtete er genau auf den Weg. Das Labyrinth barg vielleicht noch andere unliebsame Überraschungen.

Schon an der nächsten Ecke prallte Michael zurück. Eine schreckliche Fratze hing vor ihm und grinste ihn an. Es war eine Mischung aus einem Stier- und Vogelkopf. Dort, wo Hörner hätten sitzen sollen, befanden sich lange Federn. Die Augen bestanden aus glitzernden Steinen. Eine breite Zunge hing aus dem Maul.

„Nein“, sagte Michael laut. „Du kannst mir keine Angst machen. Du bist bloß ausgestopft.“ Zaghaft berührte er die Maske. Nichts geschah.

Vorsichtig ging Michael weiter. Von oben fiel Licht in das Labyrinth. Durch die Löcher konnte sich aber höchstens eine Katze zwängen. Der Gang verzweigte sich abermals. Diesmal wandte sich der Junge gleich nach links. Die Wände waren mit seltsamen Schriftzeichen bemalt, die ihn an Zauber- und Beschwörungsformeln erinnerten. Michael spürte, wie seine Nackenhaare sich sträubten. Er bekämpfte seine Furcht. Schriftzeichen allein konnten ihm nichts anhaben. Sein Blick wanderte zur Decke. Vielleicht gab es Fallgitter, Fangnetze oder andere tückische Vorrichtungen. Man konnte ja nie wissen.

Der Faden riß. Er hatte nicht aufgepaßt und die Schnur zu sehr gespannt. Michael suchte nach den Enden und knotete sie wieder zusammen. Jetzt ging es plötzlich bergab.

Ein riesiges Maul tat sich vor ihm auf. Gewaltige Zähne oben und unten! Michael erstarrte. Probeweise berührte er einen Zahn. Sofort klappte die obere Zahnreihe herunter. Der Junge zog gerade noch rechtzeitig seinen Arm zurück.

„Puh!“ Michael schluckte. Der Schreck war ihm in die Glieder gefahren. Was für ein gemeines Gruselkabinett!

Knarrend öffnete sich das Maul wieder. Michael begriff, daß der Mechanismus ausgelöst wurde, sobald er einen Zahn berührte. Er mußte entweder umkehren oder so über die Zähne steigen, daß er nirgendwo anstieß.

Schwierige Entscheidung!

Er nahm all seinen Mut zusammen und hob die Beine. Das Maul blieb offen. Unversehrt kam er durch und wickelte den Faden weiter ab. Die nächsten drei Gänge waren harmlos. Nur – einer sah genauso aus wie der andere, und Michael verlor allmählich die Übersicht. Ohne den Faden wäre er aufgeschmissen gewesen.

Noch immer keine Spur von einem Ungeheuer! Michael zweifelte langsam daran, ob das Untier überhaupt existierte. Vielleicht war alles tatsächlich nur ein schrecklicher Bluff.

„Ein Tier, das ständig in diesem Labyrinth lebt, muß Spuren hinterlassen", grübelte Michael. „Futterreste, Kot, Hufabdrücke ... Irgendwo muß es auch schlafen."

Aber die Gänge waren leer. Das allein war jedoch keine Sicherheitsgarantie. Möglicherweise hielt sich der Minotaurus in einem anderen Teil des Labyrinths auf. Auch Ungeheuer konnten gewisse Gewohnheiten oder Lieblingsplätze haben.

Mit einem Mal endete der Gang. Es ging nirgends weiter.

„Sackgasse", stellte Michael fest. Es blieb ihm nichts anderes übrig als umzukehren. Dank des Fadens fand er mühelos zu dem Riesenmaul zurück. Die Falle flößte ihm erneut Respekt ein. Obwohl er vorsichtig über die Zähne stieg, wurde diesmal der Mechanismus ausgelöst. Der Kiefer schnappte zu und erwischte einen Zipfel seines Gewandes. Mit einem gräßlichen Knirschen riß der Stoff auseinander.

Michael lehnte sich an die Wand und zitterte am ganzen Leib. Seine Zuversicht verschwand. Nie würde er lebend aus diesem scheußlichen Labyrinth herauskommen!

Es dauerte geraume Zeit, bis er sich zum Weitergehen aufraffte. Ob die anderen schon im Labyrinth waren? Würden sie dem Faden folgen oder einen anderen Weg einschlagen?

Der Rückweg kam Michael wesentlich länger vor. Er entdeckte Dinge, die ihm zuvor nicht aufgefallen waren. In einer Nische lag eine Schlange. Es war nur eine ausgestopfte

Schlangenhaut, aber das konnte man auf den ersten Blick wirklich nicht erkennen. An der nächsten Ecke stieß Michael mit Heike und Thomas zusammen.

„Gott sei Dank, daß wir dich treffen", sagte Heike. „Ich hab' schon befürchtet –"

„Fast wär's auch passiert", fiel ihr Michael ins Wort. „Geht hier bloß nicht weiter, da ist ein Riesenmaul, das schnappt nach allem, was sich bewegt. Wir müssen in die andere Richtung."

Er wickelte den Faden wieder auf. An einer Abzweigung trafen sie die anderen. Theseus starrte auf das Knäuel in Michaels Hand. Er grinste.

„Gar keine schlechte Idee."

„Danke", sagte Michael trocken. „Man tut, was man kann."

Theseus fuhr in sein Gewand. Michael zuckte furchtsam zurück. Er dachte zunächst, Theseus würde eine Waffe zükken, aber dieser holte ein zusammengerolltes Lederstück hervor.

„Vielleicht interessiert euch das."

Heike rollte das Leder auseinander. Sie blickte auf ein Gewirr von Linien. Manche waren schwarz eingezeichnet, andere rot. Das Ganze sah aus, als sei es in großer Eile hingekritzelt worden.

„Soll das ein Plan sein?" fragte Heike verblüfft. „Woher hast du ihn?"

Theseus lächelte. „Ariadne hat ihn mir zukommen lassen."

„Ariadne?" Heike dachte an die Königstochter und an die Blicke, die sie und Theseus gewechselt hatten.

„Anscheinend will sie nicht, daß ich im Labyrinth umkomme", erklärte Theseus. „Die roten Linien zeigen an, wo sich der Minotaurus aufhalten kann."

„Es gibt den Minotaurus also wirklich?" fragte Michael mit belegter Stimme.

„Was hast du denn gedacht?" antwortete Theseus. „Unsere Chance besteht darin, den zweiten Ausgang des Labyrinths zu entdecken, bevor der Minotaurus uns findet.“ Er atmete schwer. „Oder wir müssen das Ungeheuer außer Gefecht setzen. Das hat aber bisher noch kein Mensch geschafft.“

Theseus war ein muskulöser junger Mann, durchtrainiert und sehr kräftig. Auf den ersten Blick vermittelte er den Eindruck von absoluter Furchtlosigkeit. Er gehörte zu dem Typ, der Bäume mit dem kleinen Finger ausreißen konnte. Aber selbst Theseus hatte gewaltigen Respekt vor dem Ungeheuer, das wurde in diesem Moment allen klar.

Eine Pause trat ein. In den Gesichtern der Jungen und Mädchen standen sowohl Verzweiflung als auch Hoffnung.

Theseus räusperte sich. „Nun“, meinte er, „wenn wir hier stehenbleiben, dann werden wir irgendwann verhungert sein, und das ist wohl auch nicht das, was wir uns wünschen. Mit dem Faden und der Karte sollten wir eigentlich in der Lage sein, den zweiten Ausgang zu finden.“

„Und wenn dieser auch so gut verschlossen ist wie der Eingang?“ wandte ein Mädchen ein.

„Darüber können wir uns Gedanken machen, wenn wir dort sind“, entgegnete Theseus. „Hier kommen wir jedenfalls nicht raus. Der Eingang ist mit einem komplizierten Mechanismus verschlossen. Selbst wenn wir einen Schlüssel dazu hätten, stehen draußen noch immer die Wächter, die nur darauf warten, uns den Kopf abzuschlagen.“

Das war natürlich keine besonders ermutigende Aussicht. Heike beugte sich noch einmal über den Plan. Sie hatte Mühe, ihre jetzige Position zu finden.

„Ich glaube, wir sind hier.“ Sie tippte auf das Schriftstück und fuhr dann mit dem Finger eine Linie nach. „Hm, wir müssen nach rechts …“

„Wenn wir nach rechts gehen, kommen wir zu einem tiefen Loch“, erinnerte sich Michael. „Ich wär’ vorhin fast reingefallen.“ Er schluckte. „Wahrscheinlich bleibt uns nichts anderes übrig als drüberzuspringen.“

Sie zogen los. Beim zweitenmal kam Michael das Loch nicht ganz so schlimm vor. Vielleicht lag es daran, daß er diesmal nicht allein war. Das Loch war etwas mehr als einen Meter breit. Alle vierzehn landeten heil auf der anderen Seite.

Sie orientierten sich an dem Plan. Schreckliche Statuen, reinweiß oder mit grellen Farben bemalt, standen an den Kreuzungen. Einmal schwebte eine riesige Hand an der Decke. Die vierzehn rannten darunter durch. Der letzte hatte es gerade geschafft, da krachte die Hand herunter. Die steinernen Finger platzten ab und schaukelten auf dem Boden hin und her.

„Schaut nicht zurück", mahnte Theseus. „Es bringt nichts, sich Gedanken zu machen, was fast geschehen wäre. Uns ist nichts passiert, das ist das Wichtigste."

Ein Mädchen brach trotzdem in Tränen aus. Ein anderes legte ihr tröstend den Arm über die Schultern.

„Achtung", sagte da Heike. Sie hatte etwas gehört. „Seid doch mal still!"

Alle blieben stehen und lauschten.

Jenseits der Wand ertönte ein dumpfes Geräusch. Es waren schwere Hufe, die über den Steinboden trampelten. Heike wurde weiß wie ein Bettlaken.

„Genau wie in der Nacht", stammelte sie. Sie preßte die Hände an die Ohren und kniff die Augen zusammen. „Wie furchtbar!"

Thomas löste behutsam ihre Hände. „Werde jetzt nicht hysterisch", sagte er und nahm sie einen Moment lang in die Arme. „Wir werden es schaffen. Ich bin überzeugt, es war der Professor, den ich vorhin gesehen habe."

Wieder polterte es. Es war, als wollte jemand die Wand durchbrechen.

„Ob das der Minotaurus ist?" flüsterte eines der Mädchen.

„Ein Kanarienvogel ist es bestimmt nicht", entgegnete Michael.

„Das Ungeheuer muß sich im Gang befinden, der parallel

zu unserem verläuft“, sagte Theseus und schaute auf dem Plan nach. Es waren tatsächlich zwei Linien nebeneinander eingezeichnet, aber es bestand keine Verbindung zwischen ihnen. Die Gefangenen waren also noch in keiner unmittelbaren Gefahr, jedenfalls nicht, was den Minotaurus betraf.

Vorsichtig gingen sie weiter. Immer wieder blieben sie stehen und horchten. Die Geräusche, die das tobende Untier verursachte, wurden immer leiser.

Der Gang verengte sich.

„Aufgepaßt“, meinte Theseus und äugte mißtrauisch nach oben. „Wir hatten schon lange keine Falle mehr.“

Kaum hatte er es gesagt, schwang der Steinboden, auf dem Thomas stand, zur Seite, und eine Spalte tat sich auf. Thomas reagierte geistesgegenwärtig und klammerte sich an der Wand fest. Die anderen wichen rasch zurück. Mit aufgerissenen Augen starrten sie auf das Loch im Boden, das sich immer mehr vergrößerte. Schon waren es zwei Meter, drei ...

„Spring“, schrie Michael Thomas zu. Dieser zauderte, und dann war es zu spät. Das Loch hatte sich währenddessen auf fünf Meter erweitert, und niemand konnte von Thomas erwarten, diese Entfernung ohne Anlauf zu überspringen.

„Verdammter Mist!“ Thomas knirschte mit den Zähnen. „Was nun?“ Der Wandvorsprung, auf dem er stand, umfaßte ungefähr einen Quadratmeter. Obwohl das Loch inzwischen nicht mehr wuchs, war der Abgrund unüberwindbar.

„Wir brauchen ein Seil“, meinte Theseus.

Das Garn, das sie hatten, war nicht stark genug, selbst wenn man den Faden mehrfach zusammendrehte. Jetzt war guter Rat teuer. Michael tastete die Wände ab.

„Wir müssen herausbekommen, wie der Mechanismus ausgelöst wird.“

Doch er fand weder einen Schalter noch einen Hebel, ja nicht einmal eine Unebenheit. Niedergeschlagen kauerte er sich auf den Boden und dachte nach. Sie konnten Thomas unmöglich hier zurücklassen!

Dieser hatte inzwischen die Wände des Abgrunds untersucht. Sie waren glatt wie Glas, und so schied auch die Möglichkeit aus, in die Tiefe zu klettern.

„Gibt es hier denn kein Brett oder eine Stange?“ Heike schaute sich suchend um.

„Frag' doch am besten gleich nach einem Aufzug", entgegnete Michael.

Ohne ein Wort ging Theseus den Gang zurück. Nach einer Weile kam er wieder. Die Adern auf seiner Stirn traten hervor, denn er trug einen der abgebrochenen Steinfinger.

„Was willst du denn damit?" fragte Michael verblüfft.

Theseus gab keine Antwort. „Bleib dort stehen, wo du bist", befahl er Thomas. Dann holte er aus und schmetterte den Steinfinger mit aller Kraft gegen den Wandvorsprung.

Es krachte entsetzlich, als der Steinfinger gegen den Felsen schlug. Das Geräusch hallte laut im Gang wider. Zahlreiche Echos folgten. Dann vernahmen die Gefangenen noch einen anderen Laut: ein Knirschen. Es ertönte tief unter ihren Füßen. Der Boden bewegte sich. Zentimeter um Zentimeter schloß sich der Abgrund wieder. Als das Loch nur noch zwei Meter breit war, sprang Thomas. Sicher landete er bei den anderen.

„Danke", sagte er zu Theseus. „Ich hätte den Finger nicht einmal aufheben können, geschweige denn werfen."

Theseus sah ihm fest in die Augen. „Es war meine Pflicht. Schließlich bin ich schuld, daß ihr hier seid. Ich habe euch auf das Schiff gebracht, um drei Angehörige meines Volkes zu retten."

In diesem Augenblick knirschte es wieder unter ihnen.

„Wir reden ein andermal weiter", zischte Theseus. „Nichts wie weg von hier."

Sie hetzten den Gang entlang. Das Knäuel in Michaels Hand wurde immer kleiner. Als sie endlich anhielten, waren alle schweißgebadet.

„Wie riecht's denn hier?" Heike schnupperte. Die Luft war dumpf und faulig.

„Igitt", sagte Michael.

„Wir befinden uns auf einer roten Linie", murmelte Theseus, der den Plan geprüft hatte. „Das bedeutet, daß wir im Bereich des Minotaurus sind."

„Aber ich muß!" beharrte Professor Ambrosius. Er hätte den Palastwächter am liebsten geohrfeigt. „Es geht um Leben und Tod, verstehst du das nicht?"

„Ich habe die Anweisung, niemanden vom Publikum reinzulassen", knurrte der Wächter. Er verzog keine Miene.

„Ich kann Leute nicht ausstehen, die sich nur immer an Vorschriften halten", sagte der Professor aufgebracht. Die Zeit drängte. Drei Menschen, die ihm nahestanden, waren in höchster Gefahr, und dieser sture Esel versperrte ihm den Zugang zum Palast. „Ich muß den König sprechen! Auf der Stelle! Sofort! Wenn du nicht willst, daß ein Unglück geschieht, dann geh' zur Seite!"

Der Wächter reckte sich, um größer zu erscheinen. Professor Ambrosius überragte ihn um mehr als Kopfeslänge.

„Ich tue nur meine Pflicht", entgegnete der Wächter. „Bittsteller müssen sich anmelden. Komm in drei Tagen wieder, wenn das Fest vorbei ist, dann hat der König vielleicht Zeit für dich."

Jetzt überkam den Professor die Wut. Er packte den Wächter an den Schultern und rüttelte ihn. „In drei Tagen ist es zu spät, du Trottel, begreifst du das nicht?"

Der Wächter zog sein Schwert und berührte mit der Spitze die Brust des Erfinders.

„Wenn du mich nicht sofort in Ruhe läßt, Fremdling, dann werde ich dir mit dem Schwert den Rücken kitzeln, aber von vorne!"

Das Funkeln in seinen Augen verriet, daß es sich um keine leere Drohung handelte.

Vielleicht hätte es tatsächlich ein Unglück gegeben, wenn in diesem Moment nicht ein Mann aus dem Palast gestürzt wäre. Der Wächter trat zur Seite und neigte ehrfürchtig den Kopf.

„Hast du meinen Sohn Ikaros gesehen?" fragte der Mann hastig.

Der Wächter verneinte.

Jetzt erst wurde Daidalos auf das gezückte Schwert und den Professor aufmerksam.

„Gibt's Schwierigkeiten?"

„Er will mich nicht einlassen", entgegnete der Professor hastig. „Dabei muß ich unbedingt mit dem König sprechen. Es geht um die Kinder, die dem Minotaurus geopfert werden sollen ..." Er packte Daidalos am Arm. „Hilf mir! Sie dürfen nicht sterben, sie gehören zu mir!"

„Bist du der Vater?" wollte Daidalos wissen.

„Frag mich nicht, wer ich bin und woher ich komme." Der Professor wurde immer verzweifelter. „Ich habe mein Gedächtnis verloren, aber ich weiß, daß ich nicht hierher gehöre. Heike, Michael und Thomas auch nicht! Ich muß mit dem König reden."

„Hör nicht auf ihn. Er ist ein Verrückter, der leicht handgreiflich wird", murmelte der Wächter.

„Ich bin nicht verrückt, aber ich werde es gleich!" brüllte der Erfinder, der jetzt die Nerven verlor. „Ich muß sie retten! Ich kann es nicht zulassen, daß sie ins Labyrinth gehen! Alles ist ein schrecklicher Irrtum!"

Daidalos kämpfte mit sich. Sollte er den Fremden einfach abschütteln? Einerseits war da die Sorge um Ikaros, andererseits faszinierte ihn der rätselhafte Mensch mit dem strähnigen Haar und den glitzernden Scheiben vor den Augen. Geheimnisse übten auf Daidalos stets eine große Anziehungskraft aus. Ganz offensichtlich stammte dieser eigenartige Mann nicht aus Kreta, und seine Sorge schien echt.

Daidalos entschied sich innerhalb von Sekunden.

„Komm mit. Vielleicht kann ich etwas für dich tun." Er zog Professor Ambrosius mit sich in den Palast.

Der Wächter wollte Einwände erheben, aber Daidalos sagte beschwichtigend: „Schon gut. Wenn du zufällig Ikaros siehst, dann sag' ihm, daß ich ihn erwarte."

Der Professor folgte dem Baumeister durch eine Halle. Moorteufel wich keinen Augenblick von seiner Seite.

„Danke“, sagte Professor Ambrosius zu Daidalos. „Das ist sehr nett von dir. Ich muß die Kinder retten! Wenn sie sterben, gibt es eine Katastrophe!“

Die Wände waren mit herrlichen Malereien geschmückt: Delphine, Muscheln, Stiere ... Doch der Erfinder streifte alles nur mit einem flüchtigen Blick und vergaß im nächsten Moment, was er gesehen hatte. Jetzt waren andere Dinge wichtiger.

Daidalos führte ihn in sein Zimmer. „Setz' dich und erzähle mir alles der Reihe nach.“

Der Professor hockte sich auf eine Stuhlkante. Er hob hilflos die Hände. „Ich heiße Ambrosius, und meine Heimat muß sehr fern von hier sein. Ich erwachte auf einer Nachbarinsel aus tiefer Bewußtlosigkeit und konnte mich an nichts mehr erinnern. Ein Fischer hat mich freundlich aufgenommen. Mit ihm bin ich heute hierher gefahren, weil seine Tochter unbedingt das Fest erleben wollte.“ Er atmete heftig. „Bei dem Festzug habe ich sie gesehen: Heike, Michael und Thomas. Ich weiß, daß ich mit ihnen bis vor kurzem zusammen war. Ich bin schuld, daß sie hier sind, und wenn sie sterben, dann bin ich verantwortlich für ihren Tod!“ Er vergrub sein Gesicht in den Händen.

„Du bist nicht von hier, trotzdem sprichst du unsere Sprache sehr gut“, sagte Daidalos verwundert.

Der Professor blickte ihn an. Seine Hand fuhr zu der Kunststoffkapsel, die an seinem Hals hing. „Das liegt an den Sprachpillen, die ich selbst entwickelt habe.“

Sprachpillen ... Ganz selbstverständlich war ihm dieses Wort über die Lippen gekommen. Wieder war ein Puzzleteil aus seiner Erinnerung aufgetaucht.

„Sprachpillen?“ wiederholte Daidalos verständnislos.

Professor Ambrosius öffnete die Kapsel und ließ die kleinen grünen Kügelchen auf seine Hand rollen. „Sobald du eine von diesen Pillen schluckst, kannst du eine fremde Sprache verstehen, ja sogar bald darauf sprechen.“

Daidalos besah sich das Wunderwerk, dann sagte er: „Du

bist ein wahrhaft eigenartiger Mann. Ich würde mich gerne länger mit dir unterhalten.“

„Aber jetzt ist dazu keine Zeit!“ schnaubte der Erfinder. „Die drei sind in Lebensgefahr, kapierst du das nicht? Ich kann nicht hier mit dir sitzen und ein Kaffeepläuschchen halten, während meine Freunde von dem Untier getötet werden!“

Daidalos schaute auf Professor Ambrosius, dann auf Moorteufel, der ruhig neben dem Stuhl saß.

„In Ordnung“, sagte er mit belegter Stimme. „Ich werde dir helfen.“

„Hast du Einfluß auf den König?“ wollte Professor Ambrosius wissen. „Kannst du mich zu Minos bringen? Wer bist du überhaupt?“

„Mein Name ist Daidalos. Ich bin der königliche Baumeister und habe auch das Labyrinth für den Minotaurus entworfen.“ Daidalos trat in eine Ecke. Dort stand eine Holztruhe, die er aufschließen wollte, doch zu seiner Überraschung war sie bereits offen.

Daidalos wunderte sich. „Die Truhe schließe ich doch sonst immer ab. Habe ich es vergessen? Vielleicht hat Minos etwas daraus entnommen. Oder war ein anderer an der Truhe?“ Seine Stimme klang besorgt. „Aber es scheint nichts zu fehlen.“

In der Truhe waren lauter Rollen. Mit wenigen Griffen hatte Daidalos gefunden, was er gesucht hatte. Es war eine große Lederrolle, die mit einem Band verschnürt war.

„Nanu? Ich habe doch gar keine zwei Knoten gemacht“, sagte Daidalos verärgert, weil das Band nicht gleich nachgab. Ungeduldig zerriß er es und rollte das Leder auseinander.

„Das ist der Plan des Labyrinths.“

Professor Ambrosius schluckte. Das Gewirr von Gängen war unüberschaubar. Viele endeten als Sackgasse. Jeder, der in das Labyrinth eindrang, mußte sich rettungslos verirren.

Der Professor dachte an Heike, Michael und Thomas. Kalter Schweiß brach ihm aus.

„Es gibt einen zweiten Zugang“, erklärte Daidalos und tippte auf den Plan. „Der König und ich wissen davon, aber sonst niemand. Komm mit. Ich habe den Schlüssel.“ Er steckte den Plan in sein Gewand und deutete mit einer Handbewegung an, daß der Erfinder ihm folgen sollte.

Professor Ambrosius schöpfte neue Hoffnung. Vielleicht konnte er die Kinder tatsächlich noch retten. Er rannte hinter Daidalos her. Sie kamen durch einen langen Gang und gelangten in den Palastgarten. Daidalos eilte eine Treppe hinauf. Der Garten war an dieser Stelle terrassenförmig angelegt. Zwischen den Zypressen blühten unzählige Blumen. Ein Gärtner war gerade dabei, einige Sträucher zu beschneiden. Daidalos nickte ihm zu.

„Kannst du mir die Hinterpforte öffnen?“

Der Gärtner gehorchte, ohne nach dem Grund zu fragen. Offenbar genoß Daidalos im Palast großes Ansehen und Vertrauen.

Sie mußten einen steilen Hang hinunterklettern. Der Pfad war schon lange nicht mehr benutzt worden. An manchen Stellen war er fast völlig von Gestrüpp überwuchert.

„Und der Minotaurus?“ japste der Professor. „Gibt es das Ungeheuer tatsächlich? Ist es wirklich so gefährlich?“

„Es ist das schrecklichste Ungeheuer, das ich kenne“, murmelte Daidalos. „Ich habe es nur zweimal gesehen. Einmal, bevor ich das Labyrinth entworfen habe, und das zweite Mal, als der Minotaurus dort eingesperrt worden ist.“ Er blieb an einem Dornenzweig hängen. Er wollte sich losmachen und riß ein großes Loch in sein Gewand. „Ein schlechtes Omen“, murmelte er. „Nereus hatte recht. Meine Tage auf Kreta sind gezählt. Wenn ich dir helfe, die Gefangenen zu befreien, kann ich unmöglich bleiben. Es ist Frevel. Minos wird mich köpfen lassen.“

„Weiter“, drängte der Professor, der Angst hatte, daß Daidalos es sich anders überlegte.

Sie kamen an mehreren Hütten vorbei, in denen Hirten wohnten. Ziegen grasten auf der Weide. Dann gelangten sie zu einem Hohlweg. Der Erfinder keuchte.

„Ist es noch weit?" Schätzungsweise waren sie etwa zwei Kilometer gelaufen.

„Wir sind gleich da", versprach Daidalos. Er erklomm einen kleinen Hang und blieb dann vor einem Olivenbaum stehen. „Hier."

Der Professor schaute sich um, aber er konnte beim besten Willen keinen Eingang entdecken. „Mir ist nicht nach Späßen zumute", knurrte er unfreundlich. „Wenn das alles ein Scherz sein soll ..."

Daidalos reckte sich und drückte einen Ast des Olivenbaums nach unten. Jetzt erst erkannte Professor Ambrosius, daß dieser Ast keine Blätter hatte. Es war ein Stück Holz, kunstvoll geschnitzt wie ein Olivenast.

Der Boden bewegte sich. Das Grasstück vor ihnen kippte schräg nach unten.

„Huch!" Professor Ambrosius riß erschrocken die Augen auf. Moorteufel winselte. „Ist das der Eingang zur Hölle?"

Eine gemauerte Wand wurde sichtbar. In der Mitte befand sich eine schwere Tür.

Daidalos zog einen Schlüssel aus seinem Gewand. Die Tür sprang auf. Muffige Luft schlug ihnen entgegen. Eine Treppe führte hinunter in die Tiefe.

„Eh", entfuhr es Professor Ambrosius. „Betreten auf eigene Gefahr, vermute ich."

Daidalos ging mit dem Plan in der Hand voraus. Der Professor tastete sich vorsichtig hinter ihm die Stufen hinab. Moorteufel hechelte aufgeregt.

„Ich weiß, du riechst das Ungeheuer", murmelte der Erfinder. „Komm bloß nicht auf die Idee, dich mit ihm anzulegen."

Nach einer Weile hatten sich seine Augen an die Dunkelheit gewöhnt. Es war nicht ganz finster, denn durch verschie-

dene schmale Luftschächte drang Tageslicht in das Gewölbe.

Die Treppe hörte auf. Es zweigten drei Gänge ab. Ohne Zögern nahm Daidalos den mittleren.

Eine innere Stimme warnte den Erfinder davor weiterzugehen. Er spürte förmlich die Gefahr, die von dem Labyrinth ausging. Die Haare auf seinen Armen sträubten sich, und eiskalte Schauder rannen ihm den Rücken hinab. Doch der Professor dachte an Heike, Michael und Thomas. Er biß die Zähne zusammen und bekämpfte seine Angst. Hoffentlich lebten die Kinder noch!

Daidalos schaute nur ein einziges Mal auf seinen Plan.

„Schließlich habe ich das Labyrinth entworfen", erklärte er. „Es ist zwar schon etliche Jahre her, trotzdem weiß ich noch ganz gut Bescheid. Achtung!" Er blieb stehen, lauschte und schnupperte, bevor er in einen breiteren Gang einbog. „Ab jetzt können wir jederzeit dem Minotaurus begegnen."

„Aha, wie schön“, murmelte Professor Ambrosius mit Galgenhumor. „Es ist bestimmt nett, so ein Ungeheuer einmal kennenzulernen. Wann hat man schon die Gelegenheit dazu?“

Daidalos achtete nicht auf seine Worte. Er machte einen sehr angespannten Eindruck. „Ich nehme an, daß sich der Minotaurus auf der anderen Seite aufhält. Sicher hat er die Gefangenen schon gewittert. Er muß sehr wütend sein. Seit zehn Tagen ist er nicht mehr gefüttert worden ...“

Dem Professor wurde schwarz vor Augen, und er mußte sich an der Wand festhalten. „Seit zehn Tagen ... Himmel, die Kinder! Wenn wir zu spät kommen!“ Den letzten Satz schrie er fast.

„Leise!“ warnte Daidalos. „Willst du den Minotaurus auf uns aufmerksam machen? Vergiß nicht, er kann uns genauso wittern! Wenn das Ungeheuer Angstschweiß riecht, wird es rasend.“

„Es soll lieber auf mich losgehen als auf die Kinder", sagte Professor Ambrosius schwach.

Sie schlichen den Gang entlang. Daidalos blieb immer wieder stehen, um zu lauschen. Noch war nichts zu hören. Nur der Gestank wurde immer schlimmer.

„Und was machen wir, wenn wir dem Minotaurus begegnen?" fragte der Professor bang. „Haben wir überhaupt eine Chance gegen ihn?"

„Kaum", antwortete Daidalos. „Natürlich können wir versuchen wegzurennen."

In diesem Moment schreckte Professor Ambrosius vor einer großen Statue zurück. Sie sah aus wie ein riesiger Mensch, der einen Stierkopf trug. Die Farben schillerten und glänzten, und die Augen waren blutunterlaufen.

Der Erfinder holte tief Luft. „Meine Güte! Ich dachte im ersten Augenblick, das Ding ist echt!"

Daidalos lächelte schwach. „So stellt man sich den Minotaurus vor."

„Ist er wirklich eine Mischung aus Mensch und Tier?" fragte der Professor ungläubig.

„Wenn du ihn siehst, ist diese Frage ganz unwichtig", entgegnete Daidalos. „Der Minotaurus ist das schrecklichste Lebewesen auf Kreta."

Als der Professor um die nächste Ecke bog, erblickte er eine weitere Statue. Sie stellte einen Zentaur dar – einen Menschen, der einen Tierleib hatte. Diesmal war der Erfinder schon vorbereitet und erschrak nicht mehr so heftig. Die Farbe war an den Seiten abgesplittert, und Schrammen und Löcher verrieten, daß der Zentaur das Ziel heftiger Angriffe gewesen war.

„Der Minotaurus mag ihn nicht", sagte Daidalos.

Professor Ambrosius bekam erneut eine Gänsehaut. Er schaute sich etwas genauer um. Die Wände waren fast überall zerkratzt. Dellen und Beulen kündeten von der ungeheuren Wucht, mit der der Minotaurus gewütet hatte.

Immer häufiger stießen die beiden Männer jetzt auf faulige und verschimmelte Heureste. Der Professor hielt sich die Nase zu.

„Mein Gott, hier drin erstickt man ja!"

Plötzlich fing Moorteufel an zu knurren. Professor Ambrosius hatte den Hund noch nie so erlebt. Dem Tier standen die Haare zu Berge. Moorteufel versteifte sich und war nicht mehr zu bewegen, auch nur einen Schritt weiterzugehen.

„He, Moorteufel, was ist los mit dir?"

Eine Antwort erübrigte sich. Jetzt spürte der Erfinder selbst, wie der Boden erschüttert wurde. Ein schreckliches Schnauben hallte durch die Gänge.

Der Minotaurus!

Schlagartig erinnerte sich der Professor daran, daß er eine ähnliche Szene bereits erlebt hatte.

Zu Hause. Im Treppenhaus. Die Stimmen aus der Vergangenheit. Er sah Heike wieder vor sich, wie sie ängstlich auf den Stufen kauerte und sich die Ohren zuhielt.

Die Schreie. Das Schnauben. Die Hufe ...

„Verflixt und zugenäht!" rief der Professor. „Natürlich, das war's! Das Labyrinth des Minotaurus!"

Er riß seine Fernbedienung aus der Tasche. Nachdem seine Erinnerung zurückgekehrt war, wußte er instinktiv, daß es nur noch eine einzige Rettungsmöglichkeit gab. Seine Finger huschten in fliegender Hast über die Knöpfe der Fernbedienung.

Das Schnauben wurde lauter. Das Untier galoppierte heran und bog um die Ecke.

Daidalos schrie auf. Professor Ambrosius erblickte einen riesigen Stier. Sein schwarzweißes Fell war unglaublich schmutzig. Kopf und Hals bildeten eine unförmige Masse aus Fell und Fett. Aus dem Maul tropfte der Geifer. Drohend beugte der Stier den Nacken, um die beiden Männer auf die Hörner zu nehmen ...

In diesem Moment flimmerte die Luft. Mitten im Lauf wurde der Stier von dem Flimmern erfaßt – und löste sich in Luft auf. Daidalos schwankte und klammerte sich an der Wand fest. Seine Augen waren weit aufgerissen. „Ha-hast du das ge-gesehen?“ flüsterte er. „Unmöglich. Ich träume. Oder ich bin schon tot. Er ist weg … wie vom Erdboden verschluckt …“

„Ich habe ihn in die fünfte Dimension geschickt“, gab Professor Ambrosius zurück. „Es war das einzige, was mir eingefallen ist.“ Dann gaben seine Knie nach. Er lehnte sich an die Wand und stöhnte. „O mein Gott, ich kann nicht mehr!“ Die Hand mit der Fernbedienung zitterte.

„Fünfte Dimension?“ wiederholte Daidalos kraftlos. „Das verstehe ich nicht.“

Professor Ambrosius schüttelte den Kopf. „In Zukunft wird König Minos auf seinen Minotaurus verzichten müssen. Ich weiß, es war ein unerlaubter Eingriff in die Vergangenheit, aber es geschah aus Notwehr. Du bist Zeuge.“

Daidalos hatte es noch immer nicht verkraftet, daß der Minotaurus einfach verschwunden war. „Bist du ein Hexer?“ fragte er. „Kannst du zaubern? Oder hast du mich mit einem Trick hypnotisiert?“ Er schüttelte den Kopf. „Das begreife ich einfach nicht.“

„Die fünfte Dimension ist ein Ort außerhalb der Zeit“, erklärte der Professor. „Alle physikalischen Gesetze stehen dort kopf. Mittels Fernbedienung kann ich die Geschwindigkeit der allerkleinsten Teilchen ändern, also der Photonen, Neutrinos und so weiter … Ach was, die ganzen Einzelheiten sind doch im Moment völlig unwichtig! Mich interessiert viel mehr, was aus Heike, Michael und Thomas geworden ist.“ Er wischte sich den Schweiß von der Stirn. „Laß uns gehen. Oder gibt’s etwa noch mehr Ungeheuer in diesem Labyrinth?“

Daidalos verneinte. „Der Minotaurus ist … äh, er *war* einmalig.“

Sie gingen weiter. Obwohl keine unmittelbare Gefahr mehr bestand, war der Professor beunruhigt. Er befürchtete noch immer, zu spät zu kommen.

Das Labyrinth war riesig. Ohne den Plan und Daidalos' Führung hätte sich Professor Ambrosius hoffnungslos verirrt. Überall stießen sie auf Spuren des Minotaurus.

Endlich glaubte der Erfinder, irgendwo menschliche Stimmen zu hören. Er formte die Hände zu einem Trichter.

„Thomas! Heike! Michael!"

„A-el- a-el, a-el", hallte das Echo von den Wänden zurück.

„Ob sie mich gehört haben?" zweifelte der Professor.

Doch nach einer Weile kam eine Antwort.

„Onkel Ambrosius!"

„Sius, sius, sius", höhnte das Echo.

Der Erfinder strahlte. „Gott sei Dank, ich bin noch zur rechten Zeit gekommen." Die Freudentränen liefen ihm übers Gesicht, doch er machte sich nicht die Mühe, sie wegzuwischen. „Sie leben, sie sind heil!"

Fünf Minuten später trafen Daidalos und der Professor auf die Gefangenen. Moorteufel bellte wie verrückt und sprang an Thomas hoch. Heike fiel dem Professor in die Arme, und Michael fragte vorwurfsvoll:

„Mensch, Onkel, wo hast du denn die ganze Zeit gesteckt? Und wie kommst du in dieses Labyrinth?"

„Wo ist der Minotaurus?" fragte Theseus mißtrauisch.

„Pffft!" Professor Ambrosius machte eine Handbewegung, um anzudeuten, daß sich der riesige Stier in Luft aufgelöst hatte.

„Ich hab' ihn dorthin geschickt, wo er keinen Schaden anrichten kann."

„Hast du ihn umgebracht?" hakte Theseus nach. „Wie hast du das geschafft?" Sein Blick sagte deutlich, daß er den Körperkräften des Professors nicht allzu viel zutraute.

„Ich weiß, ich bin längst nicht so muskulös wie du. Aber ich habe das Problem mit anderen Mitteln gelöst."

„Wo liegt sein Leichnam?"

„Es gibt keinen. Der Minotaurus existiert nicht mehr. Du

wirst es mir nicht glauben, aber selbst wenn du ihn auf ganz Kreta suchst, wirst du ihn nicht finden."

Theseus entspannte sich. Er lächelte sogar. „Wenn du den Minotaurus besiegt hast, dann bist du ein großer Held. Jedenfalls sehen wir Athener das so."

„Danke, danke", murmelte Professor Ambrosius verlegen. „Aber eigentlich möchte ich gar kein Held sein. Ich will diese Insel so schnell wie möglich verlassen – natürlich zusammen mit meinen Freunden. Aber hier drinnen ist nicht genügend Platz für die Zeitmaschine."

„Zeitmaschine?" Theseus zog die Augenbrauen hoch.

„Ein Fahrzeug, mit dem wir uns ebenso in Luft auflösen können wie der Minotaurus. Wir kommen nämlich aus einer anderen Zeit. Aus der Zukunft, um genau zu sein." Der Professor wurde zunehmend nervöser. „Ich fürchte, ich bringe heute eure ganzen Anschauungen und Erfahrungen durcheinander. Tut mir leid. Am besten vergeßt ihr, was ihr heute erlebt habt und erzählt zu Hause, daß dieser da", er deutete auf Theseus, „dem Minotaurus den Garaus gemacht hat."

Theseus schaute unsicher zu Daidalos. Dieser nickte. „Warum nicht?" Dann entdeckte Daidalos das Leder, das Theseus in der Hand hatte.

„Was hast du da?"

„Einen Plan des Labyrinths. Ariadne hat ihn mir gegeben."

„Ariadne?" fragte Daidalos verwundert. „Die Tochter des Königs?"

„Sie hat sich in mich verliebt und wollte mir helfen", entgegnete Theseus.

Daidalos nahm den Plan in die Hand. „Es ist eine Abschrift meines Planes. Ariadne muß heimlich in mein Zimmer eingedrungen sein. Deswegen war die Truhe nicht verschlossen ... Jetzt wird mir einiges klar."

„Du verrätst sie doch nicht?" wollte Theseus besorgt wissen.

Daidalos schüttelte den Kopf. „Das wäre das letzte, was ich tun würde. Ich will eurem Glück nicht im Wege stehen. Außerdem kann ich mich selbst nicht mehr bei König Minos sehen lassen, weil ich diesem Mann das Labyrinth gezeigt habe. – Nereus hatte recht, meine Tage auf Kreta sind gezählt.“

„Du könntest mit uns nach Athen zurücksegeln“, bot Theseus ihm an.

Doch Daidalos lehnte ab. „Ich kann nicht in meine Heimat zurückkehren.“ Er schluckte. „Vor vielen Jahren stieß ich meinen Neffen zu Tode, weil ich neidisch und eifersüchtig auf seinen Erfolg war. Ich wurde damals verurteilt und bin aus Athen geflohen. Minos hat mich aufgenommen.“ Daidalos lächelte bitter. „Es ist wohl mein Schicksal, immer wieder woanders unterzutauchen.“

Heike schüttelte sich. „Können wir nicht draußen weiterreden? Ich will hier raus! Ich hab' jetzt wirklich genug von diesem Labyrinth!“

Michael hielt nur noch einen winzigen Rest des Garnknäuels in der Hand. „Der Faden ist übrigens gleich zu Ende. Zum Glück brauchen wir ihn ja jetzt nicht mehr.“

„Die Idee mit dem Faden ist gut“, sagte Daidalos anerkennend. „Der Einfall könnte fast von mir stammen. – Aber nun kommt mit.“ Er führte die Gefangenen durch die Gänge.

Als sie den zweiten Ausgang erreichten, fing Moorteufel an zu bellen. Die Treppe war nämlich voller Menschen.

„Verflixt und zugenäht!“ entfuhr es dem Professor. „Was wollen die denn alle hier?“

„Nichts Gutes, scheint mir“, antwortete Daidalos. „Bleibt am besten hier stehen. Ich werde nachsehen, was los ist.“

Er ging voraus.

„Da kommt Daidalos“, ertönte eine Stimme.

„Verräter!“ – „Handlanger des Königs!“ – „Nieder mit Minos!“ – „Tod dem Tyrannen!“

„Was ist los?“ brüllte Daidalos. „Was tut ihr hier? Wer hat

euch das erlaubt? Woher kennt ihr überhaupt diesen Eingang?“

„Ich hab’ sie hierher geführt“, sagte eine helle Stimme. „Wir wollen die Gefangenen befreien. Der Stiergott muß sterben. Wir erdulden nicht länger die Tyrannei des Königs!“

„Ikaros“, sagte Daidalos erstaunt. „Du, mein Sohn?“

„Nenne mich nicht ‚Sohn‘. Du bist nicht mehr mein Vater. Mit einem, der mit dem König gemeinsame Sache macht, will ich nichts zu tun haben!“

Daidalos schluckte. „Ikaros, sei vernünftig.“

„Stimmt es, daß dein Vater dieses Labyrinth gebaut hat?“ fragte eine Männerstimme.

„Ja, er hat es entworfen und die Bauarbeiten überwacht“, antwortete Ikaros.

„Dann hat er sich schuldig gemacht.“

„Nieder mit Daidalos!“

„Halt!“ schrie Daidalos und hob abwehrend die Hände. Schon flog ein Stein durch die Luft und prallte neben ihm an die Wand.

„Tötet ihn!“

„Er steht auf der Seite des Königs!“

„Er hat ihm geholfen, seine Macht zu vergrößern!“

Immer lauter wurden die Rufe. Ein zweiter Stein flog durch die Luft. Der dritte streifte Daidalos’ Arm.

„Hört auf!“ brüllte Daidalos und hielt sich den blutenden Oberarm. „Ihr seid völlig verrückt geworden!“ Doch seine Worte blieben ohne Wirkung.

„Macht ihn nieder!“

„Steinigt ihn! Er soll in seinem eigenen Labyrinth umkommen!“

„Aber die Gefangenen sind doch hier!“ schrie Daidalos. „Und es gibt keinen Minotaurus mehr.“

„Keinen Minotaurus?“ wiederholte Ikraos. „Ist er tot?“

„Glaub’ ihm nicht“, rief ein anderer ihm zu. „Das ist doch bloß ein Bluff. Dein Vater lügt!“

„Stirbt der Minotaurus, sinkt König Minos' Macht!" höhnte ein dritter.

Ein Stein traf Daidalos am Kopf. Er taumelte zurück. Theseus fing ihm geistesgegenwärtig auf.

„Sie sind wahnsinnig", murmelte Daidalos. „Man kann mit ihnen nicht reden. Sie haben es sich in den Kopf gesetzt, den König zu stürzen. Und mein Sohn ..." Er stöhnte, denn das Blut lief ihm über die Stirn, „ist dabei ..."

Ikaros stand mit herabhängenden Armen da. Seine Haltung drückte Unschlüsssigkeit aus. Die anderen jungen Männer bückten sich nach neuen Wurfgeschossen.

Theseus übergab Daidalos Thomas und Michael und drängte sich vor. „Ich bin Theseus von Athen, der Sohn des König Aigeus", rief er. „Ich habe mich freiwillig nach Kreta begeben, um etwas zu tun, was bisher keinem Menschen gelungen ist: nämlich den Minotaurus zu besiegen. Schon zweimal mußten vierzehn Gefangene aus Athen in diesem Labyrinth ihr Leben lassen. Sie wurden niedergetrampelt von dem Ungeheuer, sind verhungert oder haben sich zu Tode gestürzt. Aber ab heute gibt es keinen Minotaurus mehr. Das können meine Begleiter bezeugen."

„Keinen Minotaurus?" fragte ein Mann. Seine Hand mit dem Stein sank herab.

„Wir werden das Labyrinth zerstören", brüllte ein anderer. „Kein Stein wird auf dem anderen bleiben. Wir wollen ganz sicher gehen."

„Und damit Daidalos nicht auf die Idee kommt, das Labyrinth wieder aufzubauen, werden wir den Baumeister töten", forderte ein dritter.

Wieder wurde ein Stein geschleudert. Er prallte auf eine Stufe und platzte dort auseinander.

Ikaros ballte die Fäuste. „Hört auf!" schrie er und fiel dem Werfer in den Arm. „Laßt ihn leben!"

„Wozu? Damit er weiter dem Tyrannen dient?" höhnte dieser.

„Aber er ist mein Vater!"

„Hast du nicht selbst behauptet, daß du ihn haßt? Hast du dich nicht von ihm losgesagt? – Geh aus dem Weg!“

Aber Ikaros eilte die Treppe hinunter, streckte die Arme aus und machte sich ganz breit, um Daidalos zu schützen. „Wenn ihr meinen Vater umbringt, dann müßt ihr zuerst mich töten.“

„Verräter! Auf welcher Seite stehst du?“

„Mach keinen Blödsinn, Ikaros!“

„Willst du uns zwingen, dich umzubringen?“

Ikaros rührte sich nicht von der Stelle. Schweiß perlte auf seiner Stirn.

„Der Minotaurus ist tot. Wenn die Prophezeihung stimmt, dann wird König Minos' Reich bald untergehen. Mein Vater wird nicht mehr für Minos arbeiten, das verspreche ich. Er wird Kreta verlassen.“

„Leere Worte!“

„Laßt euch bloß nicht von diesem Sprüchemacher weichklopfen!“

„Geh aus dem Weg, Ikaros. Letzte Warnung!“

„Ich weiche keinen Schritt.“ Ikaros knirschte mit den Zähnen. Ein Stein flog haarscharf an seinem Kopf vorbei.

„Verflixt und zugenäht“, schimpfte Professor Ambrosius. „Ich will mich zwar nicht in die Vergangenheit einmischen, aber ich kann nicht zulassen, daß vor unseren Augen ein Mord geschieht.“ Er zog die Fernbedienung hervor und tippte eine Zahlenkombination ein. Vor dem Eingang des Labyrinths flimmerte die Luft. Die Männer wichen erschrokken zur Seite.

„Was kommt denn da?“ – „Was ist das?“ – „Ein Ungeheuer?“ – „Nein, ein Wunder!“

„Es ist ein Ei, ein riesiges Ei!“

Selbst Ikaros vergaß, seine Stellung zu halten. Fassungslos starrte er auf die Zeitmaschine, die über ihm erschienen war und am Rand des Eingangs stand.

Professor Ambrosius gab den Kindern mit dem Kopf

einen Wink. „Los. Nehmt Daidalos mit. Ikaros auch. Wir setzen die beiden irgendwo unterwegs ab. Bloß fort von hier!“

Keiner stellte sich den Zeitreisenden in den Weg. Zu groß war die Verwunderung über das seltsame Ding, das aus heiterem Himmel aufgetaucht war.

„Ob Zeus das Ei geschickt hat?“

„Vielleicht kommen noch mehr von der Sorte!“ Einige Männer schauten suchend in die Luft.

„Komm mit, Ikaros“, sagte Heike und zog den jungen Mann am Arm.

„Was willst du von mir?“ entgegnete Ikaros verblüfft.

„Wir bringen dich und deinen Vater in Sicherheit.“

Ikaros gab kopfschüttelnd seinen Widerstand auf und folgte Heike. Das, was sich eben ereignete, ging über seinen Verstand. Die Einstiegsluke der Zeitmaschine glitt mit einem leisen Zischen auf.

„Das Ei hat eine Tür!“ Ängstlich wich die Menge zurück.

„Ob Zeus herauskommt?“ wollte einer wissen.

„Das hier glaubt keiner, der es nicht gesehen hat“, flüsterte ein anderer.

„Hast du keine Angst?“ fragte ein Mann den Erfinder, als dieser auf die Zeitmaschine zuschritt.

„Mit Riesceneiern kann ich besser umgehen als mit Schnecken“, antwortete Professor Ambrosius und setzte einen Fuß in die Einstiegsluke. „Archie, bist du bereit? Wir benötigen einen Blitzstart, denn ich traue denen da draußen nicht. Wer weiß, was ihnen als nächstes einfällt.“

„Ich bin froh, Sie wiederzusehen“, kam Archies Antwort aus dem Lautsprecher.

„Das klingt ja so, als hättest du mich vermißt“, erwiderte der Erfinder fröhlich.

„Ich hatte ein ganz ungutes Gefühl“, gestand Archie.

„Ich auch“, gab der Professor zurück. „Aber nun setze deine Platinen in Betrieb. Wir wollen Kreta verlassen.“

„Ich fürchte, ich war bei meiner Peilung etwas ungenau“,

murmelte Archie. „Aber es ist so schwierig, Raum- und Zeitdaten aufeinander abzustimmen."

Heike, Michael und Thomas hatten die Zeitmaschine inzwischen ebenfalls betreten. Daidalos riß die Augen auf, doch Michael bugsierte ihn auf einen Sitz. Ikaros sagte kein einziges Wort.

„Alle da?" fragte Professor Ambrosius. „Moorteufel auch? Gut." Er drückte auf einen Knopf. Die Einstiegsluke schloß sich.

„Wohin willst du Daidalos und Ikaros bringen?" wollte Michael wissen.

„Eine gute Frage", entgegnete der Professor und kratzte sich.

„Wenn wir sie ins zwanzigste Jahrhundert mitnehmen, dann könnten sie dir Nachhilfe in griechischer Geschichte geben. Aber ich fürchte, das würde einige andere Probleme aufwerfen." Er wandte sich an Daidalos. „Weißt du einen Platz, wo du gerne sein möchtest?"

Daidalos überlegte kurz, dann sagte er: „Ich bin sicher, König Kokalos würde mich und meinen Sohn aufnehmen. Selbst wenn Minos herausfinden sollte, wo ich mich aufhalte, würde mich Kokalos nicht ausliefern."

„Also gut, dann bringen wir dich zu Kokalos", antwortete der Professor. „Wo wohnt dieser Typ denn?"

„König Kokalos regiert auf Sizilien", schaltete sich der Computer ein. „Ich habe in meinem Speicher nachgesehen."

„Na gut, dann auf nach Sizilien", sagte der Professor munter. „Aber laßt euch beide bloß nicht von der Mafia erwischen, du und Ikaros!"

„Ich fürchte, ich habe diesmal ganz gräßlich in der Vergangenheit herumgepfuscht", stellte Professor Ambrosius zerknirscht fest. Die Zeitmaschine war nach der Zwischenlandung auf Sizilien wohlbehalten in der Tropfsteinhöhle angekommen. „Ihr seht übrigens nett aus. Habt ihr euch schon mal überlegt, welche Ausrede ihr Frau Schneider erzählt?"

Die Kinder trugen noch immer ihre weißen Gewänder mit den goldenen Stierköpfen. Das Programm ABV der Zeitmaschine – „Alles bleibt in der Vergangenheit" – war nicht eingeschaltet gewesen, und so hatten sie die kretische Kleidung mit ins zwanzigste Jahrhundert genommen.

„Ist doch ganz schick", meinte Michael und betrachtete seine weiten Ärmel. „Könnten wir heute abend keine Gartenparty geben? Mit Kostümzwang."

Heike fügte hinzu: „Und Frau Schneider könnte uns allen Ochsenschwanzsuppe auf kretische Art kochen."

„Oder Schnecken mit Knoblauchbutter", schlug Michael vor.

Professor Ambrosius verdrehte die Augen. „Hört bloß auf mit Schnecken!"

Ende

ZEIT MASCHINE
MAGAZIN

Geheiminformation für ZM Leser

VON MARLIESE AROLD

Lieber ZM-Leser

na, hat Dir die Geschichte gefallen? Willst Du jetzt auch mit der Zeitmaschine aufregende Abenteuer erleben? Ich schon! Denn in einer fremden Epoche gibt es viele merkwürdige und interessante Sachen zu entdecken! Wetten, daß nicht einmal Dein Lehrer alles weiß? Klar, er ist ja nicht ARCHIE, der Computer, und kein Mensch kann alles im Kopf behalten! Außerdem kann man's hier nachlesen ...

Viel Spaß wünscht Dir Deine

Marliese Arold

A*igeus (auch Ägeus):*
Vater des Theseus, König von Athen. Schweren Herzens läßt er Theseus nach Kreta ziehen, denn Theseus hat sich vorgenommen, den Minotaurus zu besiegen und Athen von dem schrecklichen Joch zu befreien, das der König von Kreta der Stadt auferlegt hat: Er verlangt, daß alle neun Jahre sieben Jungen und sieben Mädchen nach Kreta geschickt und dort dem Minotaurus zum Fraße vorgeworfen werden. Weil Theseus vergißt, auf der Heimfahrt die schwarzen Segel auf seinem Schiff gegen weiße zu vertauschen, ist Aigeus überzeugt, daß sein Sohn im Labyrinth des Minotaurus getötet worden ist. Aus lauter Kummer stürzt sich Aigeus ins Meer (deshalb Ägäisches Meer!).

A*riadne:*
Tochter des König Minos, Herrscher von Kreta. Der Sage nach verliebt sich Ariadne in Theseus und hilft ihm, aus dem Labyrinth des Minotaurus herauszufinden,

indem sie ihm – auf Anraten von Daidalos – ein Wollknäuel schenkt (der bekannte Faden der Ariadne!). Theseus entführt Ariadne und zieht so den Zorn ihres Vaters auf sich.

A*then:*
Hauptstadt von Griechenland. Die ältesten Spuren der Besiedelung stammen bereits aus dem 3. Jahrtausend vor Chr.

D*aidalos (auch Daedalus):*
berühmter Baumeister und genialer Erfinder. Er ist neidisch auf die Leistungen seines Neffen Talos und bringt ihn deswegen um. Er wird vom Gericht verurteilt und flieht nach Kreta, wo er von König Minos aufgenommen wird. Dort baut er für den Minotaurus ein Labyrinth, aus dem das Ungeheuer nicht entweichen kann. Weil Daidalos aber Ariadne, die in Theseus verliebt ist, den Tip mit dem Wollknäuel gibt, fällt er bei Minos in Ungnade. Zusammen mit seinem Sohn Ikaros wird er selbst ins Labyrinth gesperrt. Der Sage nach fertigt er für sich und seinen Sohn Flügel an. So gelingt es den beiden, aus dem Labyrinth zu fliehen. Leider nähert sich Ikaros zu weit der Sonne. Das Wachs, mit dem die Flügel zusammengeleimt sind, schmilzt, und Ikaros stürzt ins Meer. Daidalos aber erreicht Sizilien.

I*karos:*
Sohn des Daidalos, siehe auch *Daidalos*

Ketzer:
Irrgläubiger

Knossos:
Ausgrabungsstätte auf Kreta. Zentrum ist der Palast des König Minos.

Kreta:
größte griechische Insel. Während der minoischen Kultur erreichte die Insel ihre Blüte. Der Engländer Arthur Evans war davon überzeugt, daß die Sage um König Minos einen wahren Kern haben müsse und legte um die Jahrhundertwende auf Kreta den Palast von Knossos frei. Die Grundmauern sind dermaßen verschachtelt, daß man sie als Labyrinth bezeichnen kann. Die Ausgrabungen haben bewiesen, daß die Minoer eine hohe Kultur besaßen. Im 2. Jahrtausend vor Christus kannten sie bereits Warmwasserheizung, Badewanne und WC!

Labyrinth:
Irrgang

Minos:
sagenhafter und sehr mächtiger König von Kreta, an-

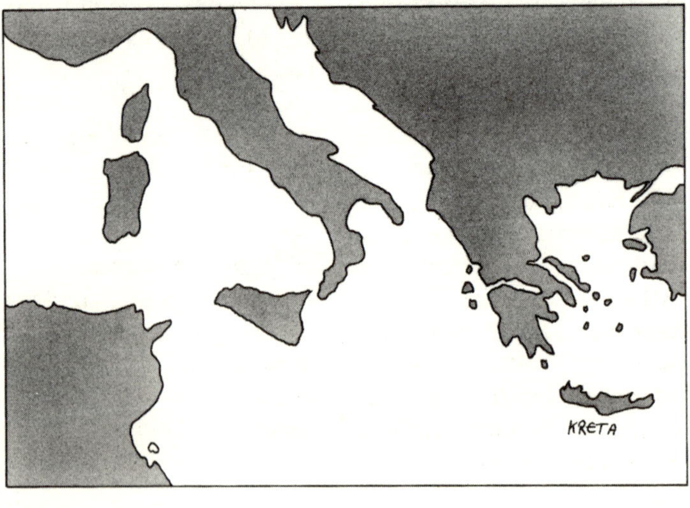

geblich leiblicher Sohn des Göttervaters Zeus und der Europa. Es muß tatsächlich einen oder mehrere Könige namens Minos gegeben haben (davon abgeleitet der Begriff *minoische* Kultur). Vielleicht war Minos auch nur ein Titel für einen Herrscher, etwa wie „Pharao" bei den Ägyptern. Jener Minos, der zum Sagenkreis des Theseus gehört, muß im 15. Jahrhundert v. Chr. gelebt haben. Athen wurde von ihm besiegt. Als Buße legte Minos den Athenern auf, in regelmäßigen Abständen sieben Jungen und sieben Mädchen nach Kreta zu schicken, die dem Minotaurus geopfert werden sollten.

Minotaurus:

der Sage nach ein menschenfressendes Ungeheuer. Pasiphae, die Gattin des Minos, verliebt sich in einen Stier. Sie bringt ein Wesen zur Welt, das zu einer Hälfte ein Mensch, zur anderen ein Stier ist. Minos sperrt das Ungeheuer in ein Labyrinth und wirft ihm Menschen zum Fraße vor.

Purpurschnecken:

Stachelschnecken, aus denen in der Antike der Purpurfarbstoff gewonnen wurde. Purpur war sehr wertvoll, seine Gewinnung war äußerst mühsam. Die

Schnecken wurden gesammelt, ihr Fleisch zerschnitten, eingesalzt, gekocht und alle festen Teile entfernt. Die gewonnene Flüssigkeit mußte bestimmte chemische Prozesse durchlaufen, bis sie zum Färben geeignet war. Je nach Schneckenart ließen sich bestimmte Rottöne gewinnen. Purpur galt als Farbe der Priester und Könige.

T*heseus:*

griechischer Sagenheld. Er muß verschiedene Aufgaben bewältigen, z. B. einen großen Stein wegwälzen oder einen Riesen töten. Theseus' größtes Abenteuer ist die Fahrt nach Kreta, um den Minotaurus zu töten, damit Athen nicht mehr gezwungen ist, Jungen und Mädchen als Menschenopfer nach Kreta zu schicken.

W*isent:*

große und kräftige Rinderart. Zu Beginn des 20. Jahrhunderts waren Wisente fast ausgerottet, aber es gelang, sie in Tierparks zu züchten. Teilweise leben sie jetzt wieder in freier Wildbahn.

Z*eus:*

höchster Gott der Griechen

Lieber ZM-Leser,

na, das war doch spannend, oder? Natürlich gibt es noch viele andere Zeit-Maschinen-Abenteuer. Hier findest Du alle Abenteuer im Überblick, die Marliese Arold schon geschrieben hat:

ZM-Streng geheim:

Die Höhlenmenschen vom Mammuttal (Band 1)
Ein Neandertalkind gerät ins 20. Jahrhundert. Professor Ambrosius versucht, es in die richtige Zeit zurückzubringen, doch da geht einiges schief ...

Die geheimnisvolle Goldgräberstadt (Band 2)
Goldrausch in Kalifornien 1849! Im Camp herrschen rauhe Sitten. Professor Ambrosius und seine jungen Freunde dürfen erst ins 20. Jahrhundert zurückkehren, wenn sie Gold gefunden haben ...

Der Smaragd von Bagdad (Band 3)
Ist der Professor ein Dieb? Harun al-Raschid, der Kalif von Bagdad, ist davon überzeugt. Wenn es Heike, Michael und Thomas nicht gelingt, ein schwieriges Rätsel zu lösen, soll der Professor eine Hand verlieren!

Die Rache des Druiden (Band 4)
Hilfe! Professor Ambrosius hat versehentlich Merlin aus der Vergangenheit geholt. Der schlitzohrige Zauberer trickst den Erfinder aus und klaut die Zeitmaschine ...

Die Todeselefanten (Band 5)
Durch eine Panne geraten Heike und Michael als Sklaven nach Italien, während Thomas mit Hannibal über die Alpen zieht ... Wird der Professor seine Freunde finden?

Die Maske des Piraten (Band 6)
Anstatt in der Karibik auszuspannen, wird Professor Ambrosius in eine gefährliche Sache hineingezogen. Der gefürchtete Pirat Schwarzbart zwingt ihn, eine Tarneinrichtung zu erfinden, die das Piratenschiff unsichtbar machen soll ...

Expedition nach Babylon (Band 7)
Professor Ambrosius ist weg! Heike, Michael und Thomas machen sich mit der Zeitmaschine auf die Suche. Sie geraten ins alte Babylon und werden dort Zeugen einer Verschwörung ...

Karawane ins Verderben (Band 8)
Archie, der Computer der Zeitmaschine, macht einen schlimmen Fehler! Michael gerät ins 13. Jahrhundert nach Persien. Räuber nehmen ihn auf. Bei seiner Flucht trifft Michael Marco Polo ...

Wer hat Einstein entführt? (Band 9)
Jemand pfuscht in der Zeit herum! Warum weiß niemand mehr etwas über Einstein? Professor Ambrosius versucht, der Sache auf die Spur zu kommen. Dabei wird er selbst von Kidnappern aus der Zukunft entführt ...

Der Wächter der Pyramide (Band 10)
Um seinen Freund Immanuel einen Gefallen zu tun, nimmt Professor Ambrosius ihn zu einer Reise ins alte Ägypten mit. Doch Immanuel will in der Vergangenheit bleiben ...

Die Katastrophe von Pompeji (Band 11)
Ein Erdstoß versetzt die Zeitmaschine ins alte Pompeji. Nach einer Bruchlandung sitzen der Professor, Thomas und Michael dort fest. In wenigen Tagen wird der Vulkan ausbrechen! Ein Wettlauf gegen die Zeit beginnt ...

Falscher Kurs nach Indien (Band 12)
Professor Ambrosius und seine Freunde geraten an Bord der SANTA MARIA. Man schreibt das Jahr 1492. Columbus ist über das Auftauchen der Fremden nicht gerade begeistert ...

Das Pferd des Schamanen (Band 13)
Was hat es mit den rätselhaften Kornkreisen auf sich? Als Professor Ambrosius es herausfinden will, versetzt die Zeitmaschine ihn und seine Freunde in die Vergangenheit. Kaum gelandet, werden sie von feindlichen Hunnen überfallen ...

Labyrinth des Stiergottes (Band 14)
Schreie mitten in der Nacht! Wo kommen die Geisterstimmen her? Der Professor und die Kinder reisen mit ihrer Zeitmaschine nach Kreta. Das Abenteuer wird für Heike, Michael und Thomas lebensgefährlich ...

PROFESSOR AMBROSIUS' TROPFSTEINHÖHLE
alter Steinbruch
Fledermäuse
Archies Kontrollpunkt
Eingang